# GRAND PARADIS

ANGÉLIQUE VILLENEUVE

# GRAND PARADIS

roman

PHÉBUS

*À Maxime*

*À celle qui passait sans me voir,*
*et qui peut-être me voyait*

«Toute femme est faite pour sentir,
et sentir,
c'est presque de l'hystérie.»

PIERRE BRIQUET
*Traité clinique et thérapeutique de l'hystérie*

Comme certainement beaucoup de ceux qui viennent pour la première fois, je commence par me perdre dans les allées.

C'est un quartier tout entier, ici, une ville dans sa propre enceinte. À l'entrée, la lecture du plan me tourne la tête, je n'y vois pas le moindre lien avec le relief qui m'entoure. Et puis, posés çà et là, il y a les noms. Je les lis à voix basse et ma voix m'effraie. *Charcot. Quartier de l'enfance. Bâtiment de la Force.*

Je marche droit devant moi sans demander mon chemin. Je me perds, mais je ne me perds pas, je pénètre comme je peux la ville de la Salpêtrière. Étudiants, médecins en blouse blanche, visiteurs, malades se rendant à une consultation : je suis au milieu d'eux et nul ne me regarde, nul ne me chasse.

Je m'égare sans bruit.

Puis une affiche, scotchée sur un poteau : *Amphithéâtre Charcot*, par là.

Je m'attendais à un bâtiment ancien, mais celui qui se dresse quelques pas plus loin est un bloc imposant et sombre, datant à vue de nez des années soixante. En contrebas, un escalier descend, qui ne mène nulle part, bordé de grands yuccas hérissés, de bergenias et de touffes argentées d'iris mélancoliques. Au milieu de l'une d'elles un chat minuscule est roulé en boule. Il me regarde. Ses yeux sont jaunes, immobiles.

Il faut patienter un instant avant de monter au premier étage, au-dessus de l'amphithéâtre. Il reste un quart d'heure avant l'ouverture et de toute façon, comme à mon habitude, j'ai besoin de marquer une pause pour prendre mon élan. Appuyée contre la barrière, je peux apercevoir le chat, bien plus petit que Fragile, bien plus craintif, mais presque du même gris.

J'essaie d'être là, d'écouter sans trop réfléchir. Je visualise, révulsées en arrière, les têtes des étourneaux dont les sifflements déchirent la douceur de l'air tout autour. Dans leur gosier s'étirent des plaintes, des cris vieux de plus de cent ans. Il n'y a pas de silence, à la Salpêtrière. Il y a des ombres réveillées.

Mais non. Ce ne sont que des oiseaux.

Je monte. Il est l'heure. La bibliothécaire, assise derrière son bureau, règne sur la pièce déserte. Le moment est venu de lui expliquer la raison de ma présence ici, car la bibliothèque de neurosciences Jean Martin Charcot n'est pas une salle de lecture comme les autres. Ouverte aux étudiants de troisième cycle, aux médecins, aux chercheurs, aux praticiens hospitaliers et paramédicaux.

À moi aussi, paraît-il, mais *sur demande motivée.*

La veille au téléphone, j'ai menti à cette femme, ne pouvant me résoudre à avouer quelle sorte de quête était la mienne, sur quelles traces je me penchais. *Sur quelles traces* n'est pas vraiment l'expression appropriée, elle évoque un enquêteur, et un enquêteur n'a pas peur. Un enquêteur cherche la vérité, quand je ne suis pas certaine de désirer autre chose que l'apaisement de celle qui attend dans ma poche, dans le papier kraft.

Debout devant le petit bureau, les bras ballants, j'annonce d'une voix trop haut perchée qu'écrivant un roman je ne désire qu'une simple documentation dans le cadre de recherches préparatoires. Ce terme m'est venu soudain, des *recherches préparatoires*, ça sonne bien. Peut-être même que j'y crois.

Je remplis une fiche en commençant par mon nom, craignant stupidement qu'à l'énoncé de *Dominique Lenoir* cette femme ne devine mon lien secret avec celle qui, je veux le croire, se dissimule quelque part dans les rayonnages. J'ai honte d'avoir honte, mais elle a l'air de croire à mon histoire.

« L'intégralité de la bibliothèque personnelle de Jean Martin Charcot est rassemblée ici, trois mille volumes dans leur mobilier d'origine. Tout cela a été légué à la clinique des Maladies du système nerveux au début du XXe siècle par son fils, Jean-Baptiste, célèbre explorateur des zones polaires et aussi ancien élève de son père », précise-t-elle en récupérant ma fiche sans tiquer.

Les meubles en bois massif, ouvragés, sombres et cirés, garnis de livres aux dos de cuir abîmé, réussissent presque à rendre solennelle l'atmosphère de cette pièce sans véritable caractère.

À l'autre extrémité de la salle se trouve la reproduction grand format de la toile de Pierre-André Brouillet, celle que j'ai vue dans un livre la veille. Elle représente Charcot devant ses pairs, donnant en public l'une de ses célèbres *leçons du mardi*. À ses côtés, un infirmier soutient le corps d'une femme en longue chemise claire, dont la posture abandonnée laisse penser qu'elle est évanouie. Pendant quelques secondes, je m'interroge sur sa possible identité.

Je demande à voir la *Nouvelle Iconographie*. D'un geste, la conservatrice oriente nos regards vers la coursive du premier étage. Je n'ai qu'à me servir, elle est là tout entière à ma disposition. Visiblement, l'ouvrage est souvent demandé par les visiteurs, ma requête ne semble pas la surprendre. Cet après-midi même, c'est un médecin travaillant sur Charcot qui viendra le consulter, quelque temps plus tôt un peintre s'est assis là pour contempler les photos et s'imprégner des gestes, des ombres, du tombé des tissus.

Elle m'explique comment m'y retrouver : en gros, à une année, entre 1888 et 1918, correspond un tome, sauf lorsqu'à la fin la guerre compliqua les choses.

J'ignore quel est, sur ces trois décennies que couvre la série, le volume qui m'intéresse, je n'ai pas pensé à ça, donner une date, ni encore moins imaginé qu'une si longue période puisse être couverte.

Lentement, je gravis les marches vers la coursive.

Les ouvrages sont tous assez endommagés, certains des dos complètement décollés, la plupart des couvertures ne sont plus solidaires des pages. Le sol devant le rayonnage est jonché de débris de papier jauni, comme des petits bouts de peau, tombés là par inadvertance. Je reste seule, accroupie devant l'étagère, le visage face aux livres, à quelques centimètres seulement, dans un silence absolu.

Puis craignant qu'à la longue mon immobilité n'apparaisse suspecte, je finis par faire basculer les trois premiers volumes, délicatement, et redescends m'installer à la grande table en bois du niveau inférieur.

Je sors le carnet noir que j'ai préparé. Un stylo. Il faudra certainement noter des éléments. Recopier des phrases. Ne rien oublier. Je n'ai jamais eu une très bonne mémoire, alors il faudra tout consigner dans le carnet noir.

Je suis venue pour ça. Pour celle qui est dans ma poche. J'écris pour nous deux, pour ce qui nous unit.

Un mois avant, Marie était venue à la *Forge fleurie*. Passant à pas lents devant la vitrine, elle m'avait aperçue derrière le comptoir et était entrée aussitôt.

Je ne l'avais pas croisée depuis des semaines, et pas vue d'aussi près depuis des mois. J'ignorais même où elle habitait. Je l'imaginais blottie dans une grotte tapissée d'ombres, de souvenirs et de terre, quelque part dans cette station balnéaire aujourd'hui démodée où toutes deux étions nées, et que nous n'avions pour ainsi dire jamais quittée.

Sans doute vivait-elle non loin de la plage, car je l'apercevais régulièrement par là-bas, claudiquant le soir dans les rues obscures perpendiculaires à la mer. Une fois, l'année dernière, je l'avais suivie sans oser l'aborder. Elle avait fini par entrer dans un café. Je n'avais rien pu savoir de plus sur sa vie et, à cette époque, j'aimais croire que ça m'était égal.

Jamais, du moins en étais-je persuadée, elle n'était arrivée jusqu'ici. Elle ne savait rien du genre d'emploi qui était le mien. Voilà pourtant six ans, un peu plus de six ans, que j'avais été engagée à la *Forge fleurie*.

Il faisait bon ce jour-là, et ma visiteuse portait son éternelle robe grise, tachée sur le devant, les boutons du haut ouverts. Je me souviens de l'avoir trouvée grossie, abattue. Ses jambes maigres jaillissaient ridiculement sous la robe trop courte, mais son ventre, lui, était énorme, projeté en avant comme celui d'une femme enceinte.

Elle était ivre, je l'ai su aussitôt, à la seconde où elle est apparue. Par chance, Mme Loris était absente.

Elle a commencé par jeter un coup d'œil sévère autour d'elle. Dans les seaux en plastique noir se dressaient des fleurs grotesques. Sur les étagères s'alignaient des compositions prétentieuses, des hérissons décoratifs en écorce de bouleau taillée et des vases hideux qu'affectionnaient la patronne, ainsi que nos clientes.

Son regard puis sa main se sont arrêtés sur un cache-pot rose dans lequel végétait depuis une éternité une créature verte dont aucun spécimen sauvage, j'en suis certaine, n'a jamais existé nulle part dans le monde. Elle l'a levé à la hauteur de ses yeux, m'a examinée à travers les feuilles avec un sourire appuyé. Son visage était un peu bouffi.

« Tu as toujours aimé ça, les fleurs, hein, Do ? »

Je suis restée un moment sans répondre. Je me demandais où elle voulait en venir.

« Ce ne sont pas des fleurs.

– Ah oui ? Des *plantes* ?... Des *herbes* ?

– Ce sont des... des choses. Des choses pas tout à fait vivantes. »

Les *fleurs*, les *plantes*, les *herbes*. Une grande partie de mon enfance, et même de mon adolescence, leur avait été consacrée, Marie avait raison.

J'ai été cette petite fille terreuse et pensive que l'on pouvait rencontrer sur les dunes et les chemins qui s'éloignent de la mer, dos au soleil, yeux rivés au sol. Je n'accompagnais pas ma sœur à la plage quand il faisait beau, ne traînais pas dans les boutiques, ne rêvais aucunement d'en trouver de plus vastes et de plus à la mode dans la ville voisine. Je ne rejoignais aucune camarade chez *Ice & Sun*, où se vendaient pourtant à bas prix les glaces les plus colorées, les plus sucrées qu'on puisse imaginer : je jaillissais des broussailles. Sur la plage, je mangeais des algues et, vivants, des crabes minuscules pêchés dans des flaques cernées de grands rochers hérissés de calcaire. J'aimais le silence et l'herbe râpée par le passage des tracteurs, chemins verts au milieu des chemins. Quand on s'éloigne un peu de la mer, il y a ici, comme un peu partout ailleurs, une sorte de campagne. J'y avais mon abri. J'y restais assise des heures, à observer paisiblement les alentours, à m'en remplir.

Mon enfance n'avait rien à voir avec le toc chichiteux de la *Forge fleurie*, c'est certain. Mais il y a quelques années j'allais plutôt mal, et Mme Loris m'a engagée puis supportée sans aucune question, avec une grande patience. À la longue, elle a même fini par faire semblant de m'écouter et par inclure dans ses commandes des variétés farfelues de plantes et de fleurs coupées – farfelues, c'est-à-dire invendables. La réalité, jour après jour, lui donne raison, bien sûr, et, malgré mes soins attentifs et les efforts de persuasion que je déploie en direction des clientes rétives, les lupins blancs, les nigelles ou la verveine citronnelle restent à pourrir ou se dessécher dans les clayettes. Pendant ce temps-là, ceux que j'appelle les nains de jardin – œillets d'Inde orange, microscopiques bégonias roses, kalanchoés au feuillage raide, chrysanthèmes teintés de bleu électrique – se vendent avec constance. Si, derrière mon comptoir, je m'affaire à leur emballage, Mme Loris me jette un sourire entendu : Tu vois, ma petite, c'est ça que les gens aiment. Avec compassion, pourtant, le jeudi suivant elle revient de chez le grossiste avec deux barquettes de phlox, quelques bottes de carotte sauvage ou des roses de jardin. Le plus souvent, je finis par les acheter moi-même, en cachette, quand Mme Loris est absente. Je crois bien qu'elle n'a jamais été dupe.

Devant moi, Marie s'était mise à rire. Lorsqu'elle a bu, elle rit beaucoup, parle fort. Pourtant, je ne l'écoutais pas. C'est ce qu'elle avait l'intention de faire ici, qui surtout me préoccupait. Et puis j'avais honte. Honte de la *Forge fleurie*. Honte aussi de moi, et honte encore que la seule famille qui me restât ce fût ça, une sœur soûle.

J'ai vu une cliente, une habituée, s'approcher de la boutique avec son chien pelé. Elle s'apprêtait à entrer, mais la présence de Marie lui a fait changer d'avis. Elle m'a dévisagée un instant avant de me tourner le dos. Avec un petit temps de retard, le chien, le demi-chien dont je me souvenais qu'il s'appelait Kurt, ou Karl, l'a suivie après m'avoir lancé, lui aussi, un coup d'œil désapprobateur.

« Écoute, qu'est-ce que tu veux, Marie ? Je dois travailler. »

Ce jour-là, Marie n'a fait aucun tapage, n'a renversé aucun seau ni brisé aucune poterie, pas la moindre tige. Mais plus elle parlait, plus elle s'excitait, et plus ses gestes et son expression s'éloignaient du sens de ses mots.

Je me souviens de sa voix, de son ton exalté, de sa robe grise, de sa figure rougie qui, avec les années et l'alcool, avait pris des airs presque mongoloïdes, presque inuits, et aussi de sa dentition, qu'elle laissait observer à loisir en riant grassement. Sur la gauche, il lui manquait une ou deux molaires, et les autres dents me parurent très abîmées, jaunies par le tabac, malmenées par le vin rouge.

Mais le détail de ses paroles m'échappe.

En y songeant à présent, je comprends qu'elle ne savait pas comment réagir à la surprise de me voir là, dans ce magasin ridicule. Ça ne collait pas avec l'image qu'elle avait dû se composer de moi. Même si, toute mon enfance, elle n'avait cessé de railler ce goût sans limite que j'avais pour la sauvagerie du dehors, mon *goût herbacé*, plaisantait-elle alors, je suppose que, sans le reconnaître, sans même en avoir conscience, elle a été blessée de découvrir brusquement celle que j'étais devenue aujourd'hui.

Je lui ai demandé une nouvelle fois ce qu'elle voulait. Elle a ricané, sa voix s'est faite plus aiguë. Là, j'ai dû lui dire de se calmer, de sortir. J'ai dû dire quelque chose. Au milieu du film muet de ma mémoire, je la vois lever le menton vers moi, soudain sérieuse. Je vois ses yeux plissés, je vois ses mains.

« Je *prends mes aises ?* » Elle s'était arrêtée net. « Je ne prends pas du tout *mes aises*, ma petite, il me semble même que, si on y pense, c'est toi, *toi* qui es sans gêne. Avec, au hasard, tout ton barda qui m'encombre depuis des siècles ! Je vais bientôt partir d'ici, figure-toi, et il va falloir régler certains points entre nous… Mais non, Dominique, je ne prends pas du tout mes aises. Je ne suis même pas énervée. Je viens te voir, je discute. Je veux avoir de tes nouvelles. Apprendre que tu travailles, et chez un fleuriste, bien sagement, c'est une nouvelle intéressante. Je ne suis pas du tout envahissante. Je suis discrète. S'il y a une profiteuse, ici, on sait toutes les deux de quel côté du comptoir elle se trouve. »

Le téléphone a sonné dans la boutique. J'ai été obligée de répondre et, pendant que je conversais brièvement avec le fournisseur, Marie a eu le temps de reprendre ses esprits. Lorsque j'ai raccroché, elle s'apprêtait à partir.

« Tu sais à quoi je pense quand je te regarde ? À *qui*, plutôt ? À maman. Tu lui ressembles, c'est incroyable, on croirait son fantôme. Tu as la même tristesse sur la figure, on dirait que tu t'es envolée de ton corps ! Bon Dieu, c'est ça ! Elle, quelques jours avant de crever, la voilà devant moi. Tu devrais te méfier de cet air-là ! On jurerait elle sur tes photos, juste avant la fin. Ça fait presque peur. »

Je suis restée interloquée. Je n'avais pas prévu ça, cette intrusion, ni encore moins ce spectre entre nous, jeté dans la boutique, jaillissant devant moi, me regardant. Que venait-elle faire ici, ma mère qui allait mourir, morte déjà tant d'années avant que la maladie ne finisse par la délivrer?

« Et, bien sûr, tu sais très bien où elles sont, alors, ces photos ? »

Je suis demeurée figée, droite et ridicule derrière mon petit comptoir humide. Sans réfléchir, j'ai essayé de laisser tomber mes épaules pour paraître moins crispée, moins ratatinée. La silhouette amaigrie de ma mère se tenait à présent juste derrière moi, je sentais son haleine tiède et acide dans mon cou.

«Tu ne sais pas où elles sont? Ne raconte pas d'histoires. Dans un carton, chez moi. Comme tout le reste ! Mais oui, je *prends mes aises* !... Tu te rappelles ce que tu m'avais dit, à l'époque ? "Dans quelques années, je viendrai récupérer tout ça." C'était trop tôt, tu disais. Trop tôt pour quoi ? Trop tard, tu veux dire, trop tard, elle était morte, ta mère... oui, un vieux cadavre... Et *quelques années*, vraiment ? Mais ça fait un millénaire, maintenant ! Enfin, quoi, tu me prends pour qui ? Ton garde-meuble ? Mais j'en ai par-dessus la tête, de tes affaires, et puis je vais partir, je dois faire du vide, je te dis ! »

Elle s'agitait, un peu d'écume moussait au coin de sa bouche. Elle avait pris des allures batraciennes que je ne lui connaissais pas, essayant de m'effrayer en arquant les cuisses, jetant ses bras en avant.

Malgré tout elle n'avait pas tort, il n'y avait pas de raison qu'elle s'encombre de mes souvenirs. Notre mère avait disparu depuis assez longtemps déjà pour que je puisse désormais affronter son retour, et celui de mon père, ce qu'il en restait, à travers ces photos, ces quelques papiers racornis.

« Eh bien... d'accord, ai-je concédé. Mais où vas-tu aller? Tu t'en vas vraiment d'ici ? »

Elle n'a rien répondu. Ce qu'elle faisait de sa vie ne me regardait pas.

« Si ça te gêne, ai-je repris, je viendrai chercher tout ça.

Dis-moi où tu habites et je passerai, cette semaine si tu veux. »

Elle a soupiré en hochant la tête, puis fait claquer sa langue comme si ce que je venais de dire était tout à fait stupide. Étrangement, alors que la boutique était plutôt calme en général à cette heure-là, le téléphone s'est remis à sonner. J'ai hésité avant de décrocher. Couvrant la sonnerie de sa voix éraillée, Marie m'a donné abruptement rendez-vous le soir même, dans l'un des grands cafés le long de la mer. C'était sans discussion.

Elle n'était déjà plus là.

Seul le kalanchoé au cache-pot rose légèrement déplacé prouvait qu'une minute plus tôt quelqu'un s'était trouvé là. Avant que je ne revienne de ma stupeur, le répondeur de la *Forge fleurie* s'était mis en marche.

Je crois que je tremblais un peu. Marie s'était évanouie, et pourtant il me semblait garder autour de moi un peu de son odeur, de son cri, comme un mouvement de l'air. Derrière moi, sans me retourner je sentais aussi cette ombre qu'elle y avait jetée.

Assise sur une chaise dans la pénombre de la cuisine, ce jour-là, ma mère semblait pouvoir me fixer sans ciller pendant des heures entières. À l'approche de la mort, toute pudeur et, je pense, toute peur l'avaient abandonnée. Elle se tenait là. Au sens littéral du terme, elle se *tenait*, se maintenait. Elle ne me regardait pas. Encore un peu moins que d'habitude. Elle s'était coulée à l'intérieur, et à l'intérieur il n'y avait plus rien.

J'ai frissonné en repensant à tout cela. Son visage olivâtre et son corps rétréci s'étaient transformés en un ensemble très proche d'une sorte de sculpture. J'avais ses doigts maigres entre les miens, les avais croisés sur sa jupe en m'y reprenant à plusieurs reprises pour trouver la position exacte. Ses doigts n'étaient pas vraiment froids, mais il n'y avait plus de chaleur en eux, comme s'il n'y avait plus de sang. J'avais l'impression de manipuler un cadavre, je lui parlais doucement, la tête penchée, en ayant la curieuse sensation que ma voix, coulant vers elle, était jaune et ruisselait comme un filet d'eau. J'aurais pu lui fermer les yeux, je crois qu'elle se serait laissée faire, et jamais ne les aurait rouverts. J'avais caressé son épaule, et le contact de ses os sous la couture m'avait mise mal à l'aise. Il y avait en elle, malgré tout, une beauté terrible, celle de l'abandon, ou bien la beauté de la mort.

Je lui avais demandé de ne pas bouger, je m'étais reculée. Elle n'avait pas répondu, je m'en souviens, bouger était au-delà de ses forces, et même de son désir. Elle n'était déjà plus ma mère, elle était cette absence que, ce jour-là, je photographiais.

Pendant tout le reste de l'après-midi, je me suis persuadée de ne pas obéir à Marie. Je n'irais pas la retrouver, mais tranquillement au cinéma, tout à fait comme je l'avais prévu en me levant le matin même. Si elle voulait que je la débarrasse de quelques cartons, elle n'avait qu'à me laisser venir les chercher chez elle. De toute façon, elle exagérait, il ne devait pas y avoir grand-chose…

J'étais libre de faire ce que je voulais. Mais je ne résiste guère à ma sœur. Allait-elle vraiment déménager ? Malgré moi, la perspective de la perdre tout à fait de vue me troublait.

Je me demandais aussi ce qui pouvait bien la pousser, après tous ces mois où je n'avais fait que deviner son ombre obscure au hasard des rues, à vouloir me rencontrer deux fois dans la même journée.

Dix minutes après onze heures ce soir-là, j'ai franchi la porte du *Crocodile*.

C'était un bar des années soixante, constamment enfumé, mais qui avait l'avantage d'offrir, au travers d'amples baies vitrées, une large vue sur l'une des extrémités de la plage, assez belle à cet endroit. Le sable s'avançait un peu plus avant dans la mer et de grands piquets de bois noirci se dressaient en se torsadant vers le ciel. À cette heure-ci, les vitres du *Crocodile* semblaient deux grands écrans noirs sur lesquels se reflétait la rare clientèle qui fréquentait l'établissement un soir de semaine, hors saison. J'étais nerveuse et je me suis glissée derrière un pilier aussitôt après être entrée. J'ai cherché Marie du regard. Peut-être m'avait-elle oubliée ? Et puis sur le reflet j'ai repéré sans mal son dos gris et rond. J'ignore pourquoi, car je ne pouvais pas voir son visage, mais elle m'a paru apaisée. Elle était assise sur un tabouret du bar à côté d'un homme énorme que je connaissais de vue, et balançait lentement un pied au-dessus du sol.

Je me souviens que la lumière jaune et l'odeur de tabac m'ont fait penser à la cuisine de ma grand-mère Marthe. J'y avais passé, il y a plus de trente ans, presque tous mes dimanches après-midi avec ma mère, à boire du sirop en silence.

Marie s'est retournée. J'ai failli partir. J'étais ridicule derrière mon pilier. Qu'est-ce qui m'effrayait à ce point? Qu'elle fît un scandale dans le café? Je ne crois pas. C'était autre chose.

Sur le côté, un homme coiffé d'un bob défraîchi était assis seul à une table devant un verre de bière. Il me regardait fixement.

Je me suis avancée vers Marie.

C'est ce soir-là que j'ai volé l'enveloppe.

Mais d'abord, je me suis assise à côté d'elle et nous avons parlé des photos de notre mère, celles que j'avais prises dans la cuisine de la rue de la Petite-Quille.

Elle les avait retrouvées plusieurs années auparavant, m'a-t-elle raconté, au milieu de papiers de famille, au fond d'une valise où étaient entassés nos vieux cahiers d'écolières et les livres sur New York. Elle avait même découvert, sur les pages de l'un de ces guides de voyage, des notes de la main de notre mère, des phrases touchantes. *Les escaliers devant les façades des immeubles me font peur* ou *Albert m'invitera dans les meilleurs restaurants de TriBeCa et de Soho*. New York, par la force des choses, était devenu son obsession, et elle nous avait abreuvées toute notre enfance de sa légende absurde. Comme si, d'un jour à l'autre, nous allions quitter la Petite-Quille et rejoindre notre père tout là-bas.

Mais Albert ne l'emmena dans aucun palace, ni à Soho ni nulle part ailleurs. De toute sa vie Louise Lenoir ne mit jamais les pieds hors de France, ni même, je crois, dans un restaurant digne de ce nom.

Marie était étonnamment détendue. J'ai bu avec elle un verre de Campari et suis presque parvenue à me calmer. Voilà des années que je n'avais pas eu avec ma sœur une conversation aussi agréable. Peu après une intervention chirurgicale minime, nous nous étions retrouvées un soir pour dîner en cachette dans ma chambre d'hôpital, et nous avions beaucoup ri toutes les deux. Évoquer ces souvenirs m'a fait du bien. J'ai regretté mon impatience à la boutique, mon appréhension grotesque avant d'entrer dans le café. Curieusement, Marie était moins soûle qu'en début d'après-midi, ou avait entamé une phase plus courtoise de son ivresse. Jamais elle ne s'est mise à rire de façon incongrue ou gênante, ni à parler trop fort.

Lorsque j'ai avalé la dernière gorgée de Campari et reposé mon verre sur le comptoir, elle m'a demandé de sortir dans la rue. Devant le *Crocodile*, entre deux voitures, je verrais une carriole, m'a-t-elle expliqué, dans laquelle se trouvaient mes affaires : elle y avait tout flanqué un peu en vrac. Il y avait des choses qui, sûrement, lui appartenaient là-dedans, mais je n'avais qu'à trier, elle n'avait pas eu le temps. Elle m'attendrait au bar avec un verre, me laissant dans l'intimité de ces retrouvailles.

Une petite charrette, bricolée à partir d'une caisse en bois et de deux roues de bicyclette d'enfant, était en effet garée non loin de la porte, je ne l'avais pas remarquée en entrant une demi-heure plus tôt. J'ai trouvé étrange qu'elle ait préféré tracter tout cela depuis chez elle plutôt que de me laisser pénétrer dans son appartement. Finalement, en y réfléchissant, c'était peut-être normal. En plein déménagement, elle avait eu envie de voir disparaître le plus possible de saletés.

Il faisait nuit et le premier réverbère était éloigné d'une quinzaine de mètres. En me penchant, j'ai vu tout d'abord, posé sur le dessus, un rectangle vert, ce grand livre sur les plantes aux illustrations naïves qu'enfant j'avais adoré. Il est l'un des rares cadeaux que m'ait fait ma grand-mère Marthe, sans doute était-ce pour cela que j'y étais si attachée. Je l'ai pris sous mon bras, il m'a donné la force de fouiller plus profond.

Dessous, j'ai découvert des cahiers d'école, certains appartenaient à Marie, je reconnaissais sa grosse écriture brouillonne et sa manie de coller partout des autocollants bariolés. J'ai laissé glisser ses cahiers sur le côté, au fond de la carriole, et j'ai pris les miens.

Il n'y avait pas de guide de New York, Marie les avait gardés pour elle. Ça m'était égal, l'Amérique de cette époque ne m'intéressait pas. Elle avait conservé aussi toutes les lettres revenues de là-bas. Tant mieux, me suis-je dit. Tant mieux, je ne les aimais guère, ces lettres.

J'ai déniché en revanche les fameuses photos de ma mère. Il y en avait une quantité impressionnante, rassemblée dans une vieille boîte à couture recouverte de tissu imprimé. Pourquoi les avais-je toutes fait développer, une cinquantaine environ, sans jamais prendre le temps de les regarder en détail ? Dans la pénombre de la rue je revoyais là, flottants, les doigts maigres de ma mère croisés sur sa jupe, l'angle de ses poignets que la lumière en provenance de la lucarne de la cuisine enserrait d'une ombre funèbre. Le crissement de ma voix lui disant de ne plus bouger. Voilà tant de jours que, dans la boîte, elle m'obéissait. Immobile. J'ai soulevé le paquet de photos, et tout en dessous, comme cachée, une lettre, avec son écriture, et même le ruban rouge. Dieu sait pourquoi elle avait échoué là, celle-ci, mais elle avait visiblement échappé à la sagacité de ma sœur. Le couvercle de la boîte à couture est retombé avec un petit claquement, quelqu'un est passé sur le trottoir, j'ai eu l'impression de faire les poubelles, d'être surprise par un fantôme.

J'ai posé avec précaution le livre vert à côté de moi, par terre, et au-dessus, les cahiers, la boîte de photos. J'ai fouillé du bout des doigts, entrouvert un cartable couvert de poussière et rempli de chemises, d'enveloppes décolorées. C'était sale, ça sentait mauvais, une odeur plus forte, plus insidieuse que la simple poussière. J'ai retrouvé ce fameux cliché sur lequel ma sœur me tire la langue, la première pellicule de mon Instamatic 25. Ça m'a fait sourire, je l'ai rajouté sur mon tas en me retournant pour voir si Marie, depuis le bar, pouvait me surprendre. Mais elle ne me regardait pas.

J'ai choisi encore quelques affaires, une quinzaine de vieux livres, le diplôme original attestant que Louise avait obtenu son baccalauréat au début de la guerre. Il n'était pas plus à moi qu'à Marie, mais je l'ai pris. Bêtement, une frayeur m'a saisie alors, mêlée d'une colère que je n'étais pas vraiment prête à laisser venir : je m'apercevais que ma sœur, dans sa sélection, ne m'avait pas destiné une seule photo de notre père. Je n'en voulais pas, me semblait-il, mais j'aurais voulu décider moi-même de les laisser en plan dans la carriole, dans la poubelle. J'ai fouillé, mais il n'y en avait absolument aucune.

Le lampadaire s'est mis à grésiller, j'ai eu froid, il fallait en finir. Marie pouvait jeter tout le reste à la mer, après tout, je m'en fichais.

Au moment de me baisser pour ramasser ce que j'avais sélectionné, j'ai aperçu, tout au fond, cette enveloppe brune sur laquelle était inscrit un seul mot en lettres violettes. Je n'étais pas sûre, mais j'ai cru reconnaître l'écriture de ma mère.

Un mot. Un seul mot.

*Léontine.*

Ça ne me disait pas grand-chose, Léontine. Ça ne m'appartenait pas en tout cas, j'en étais sûre. Ma main s'est approchée, j'ai arraché l'enveloppe à l'ombre et l'ai portée devant mes yeux, Léontine sur le papier beige aux arêtes pelucheuses. Soudain, sans vraiment réfléchir je l'ai fourrée dans ma poche, pour en finir, d'une certaine façon, avec cet instant grotesque où j'étais penchée dans l'obscurité comme une mendiante, en finir avec cette famille. J'ignorais ce qu'il y avait dans cette Léontine, mais ce prénom, dont les sonorités ne m'étaient pas tout à fait étrangères, ce mot et ce geste m'ont provisoirement délivrée de la frustration de ne pouvoir rejeter dans la nuit mon père au fond d'un tombeau.

Je suis revenue m'asseoir à côté de Marie, peinant sous le poids et le volume de mon butin. Elle avait bu deux bières entre-temps, dont les hauts verres vidés luisaient lugubrement sur le bar. Mes mains étaient enduites d'une poussière grasse, pleines d'une odeur que je ne voulais pas connaître, que je n'aimais pas. L'atmosphère avait changé, je me sentais ridicule. Chargée d'objets d'enfance, je me retrouvais petite fille devant ma grande sœur narquoise. Marie connaissait le livre vert qui m'avait absorbée des heures durant, les cahiers de la médiocre écolière, elle connaissait tout.

Elle m'a souri mystérieusement, comme si elle avait décidé de m'épargner, puis a vacillé sur son tabouret avant de m'annoncer qu'elle devait rentrer.

Je suis restée encore quelques minutes au *Crocodile*. Le départ de ma sœur avait fait basculer l'atmosphère, tout était plus anodin, et plus triste aussi. Les quelques clients qui demeuraient autour de moi, presque immobiles, ont brusquement réapparu dans ma conscience.

Dans ma poche, je devinais les contours de l'enveloppe dérobée sans raison et dont j'ignorais encore jusqu'où elle allait m'entraîner.

À la table de Marie, l'homme au bob fatigué s'obstinait à me dévisager. Je suis sortie, la carriole et ma sœur avaient disparu, et la clarté de la lune dessinait au pied des piquets de bois noir de grandes ombres menaçantes.

J'ouvre devant moi le premier tome : 1888. C'est un volume épais, il est évident qu'il me sera impossible de tout lire. Je n'ai qu'à chercher le portrait, et c'est tout. Le clin d'œil conduira à l'histoire.

Je me mets à fouiller les yeux, et les premiers qui se posent sur moi sont ceux d'un homme nu. Soutenu sous les aisselles par des béquilles de bois, il ne porte qu'une paire de chaussures dont les lacets ont été retirés, de crainte sans doute qu'il n'en fasse mauvais usage. L'une de ses jambes traîne en arrière. Hémiplégie hystérique, dit la légende.

L'ouvrage est divisé en chapitres. Chacun d'entre eux, illustré de planches photographiques, parfois de croquis en noir et blanc ou de reproductions d'œuvres d'art, traite d'un sujet particulier dans une succession apparemment aléatoire, mais correspondant aux cas qui se sont tour à tour offerts à la sagacité des médecins. Les commentaires sont longs, détaillés à l'extrême. L'interne ou l'externe chargé du dossier fournit avec méthode le maximum de renseignements sur le ou la malade : antécédents familiaux et personnels, apparition des symptômes, évolution de la maladie avant la présentation du patient à l'hôpital, puis, presque au jour le jour, déroulement de son traitement. Viennent ensuite, dans un corps typographique plus imposant, les commentaires du médecin-chef, assortis des conclusions générales qu'il estime pouvoir tirer du cas particulier.

Je parcours ces chapitres l'un après l'autre, piochant ça et là des phrases que je note sur mon carnet noir. Il y a indéniablement une poésie stridente dans leur façon d'aborder la souffrance, un lyrisme macabre qui serre le ventre.

Reste maintenant la douleur exquise.

Je tourne les pages avec une terrible lenteur et l'impression de me muer peu à peu en une créature aquatique. La stupeur, peu à peu, fait se rétrécir mon corps.

Note sur un cas d'imbécillité.

Physionomie niaise. V. ne répond aux questions que par monosyllabes, ou ne répond pas et sourit. [...] Il ne peut donner aucun renseignement sur sa vie passée [...] et son intelligence est tout à fait bornée. Pour illustration de ce compte rendu, un visage au crâne incroyablement déformé. Un profil mélancolique. V., comme s'il venait se noyer sous mes yeux.

Au milieu du mois de février, V. se plaignit de toux et d'oppression; à l'auscultation on trouva des signes manifestes de tuberculose pulmonaire. [...] Envoyé à l'infirmerie il y mourut subitement au bout de quelques jours, sans avoir présenté ni convulsion ni coma; sa température était toujours restée normale. Une autopsie fut pratiquée. Son cerveau, qui se caractérisait par l'absence de corps calleux, pesait un kilo sept cent cinquante, soit un peu plus que la moyenne. Deny, médecin de Bicêtre, note :

Décortication facile.

Et à la page suivante, comme c'était prévisible, le cerveau nu de l'imbécile, simplement posé sur une table. J'ignore ce que ça peut faire de tomber sur l'encéphale de l'un de ses ancêtres, exposé à tous les regards. Si un jour ça m'arrivait. Pourtant, à lire le rapport du médecin, V. n'a jamais eu la moindre descendance.

Qui sait.

Imbécile. Moi, il y a déjà moi.

J'ai fréquemment l'impression que les malades photographiés m'observent. Leur regard est vivant, souvent mobile, parfois même il m'apostrophe. C'est un regard sonore.

Une femme aux pommettes saillantes, nue jusqu'à la taille et dont l'un des seins a été retiré à la suite d'un cancer, cette femme d'une étrange beauté, sur la page murmure sans relâche. Son souffle se fraie un chemin jusque dans ma gorge.

Un peu plus loin, c'est Hortense R., une adolescente aux membres dévorés de rhumatismes qui chuchote derrière mes cheveux en tentant de sourire. Et Marie H., dix ans, blessée par balle sur un terrain vague par un individu qui essayait un revolver.

J'ai besoin des petites filles, de leur histoire, de leur peine. Marie H. est Dominique L., une enfant brune à la longue natte nouée d'un ruban noir, petite fille nue aux jambes tordues appuyée d'une main au dossier d'une chaise. Marie H. est toutes les petites filles qui ne sont pas sorties de moi.

De temps en temps, la conservatrice donne un coup de téléphone, et sa voix, ses préoccupations quotidiennes rendent les photos sous mes yeux plus étranges encore.

À quoi pensaient-ils, ces hommes, ces femmes, ces enfants, tandis qu'Albert Londe, et sans doute avec lui quelques assistants, braquait son objectif sur leur anatomie presque toujours nue, parfois odieusement lorsqu'on s'était contenté de faire tomber le pantalon sur leurs chevilles sans même avoir retiré leurs chaussures, que ressentaient-ils pendant les longues, très longues minutes où Londe les tenait en joue ? Je devine que la résignation des regards tient à ce qu'intérieurement ils étaient parvenus à s'échapper tout à fait de leur chair.

Les cheveux noirs, crépus, abondants, frisés, rappellent un peu ceux du nègre, explique l'interne Perruchet au chapitre « Anomalies des organes génitaux chez un épileptique ».

À la Salpêtrière, les médecins veulent tout savoir. Ils consignent les moindres détails, en images et par écrit. Des caractéristiques en apparence aussi anodines qu'un iris plus foncé que l'autre, une oreille plus décollée, une implantation des cheveux en « double tourbillon », certaines dimensions de la mâchoire, un écartement des yeux supérieur ou inférieur à la moyenne, un froncement chronique des sourcils. Au recensement de ces indices minuscules, on devine la tactique, comme si Londe et les médecins rassemblaient là le matériel nécessaire à l'établissement de portraits-types. Ils dressent l'inventaire des fous, avec la photographie comme mémoire absolue, comme mémoire et comme vérité. Pouvoir détecter un dément ou un criminel futur à la hauteur de ses pommettes… Comme cela serait commode ! Les médecins nazis ne se sont-ils pas emparés cinquante ans plus tard de la topographie des crânes ou de celle des visages pour dessiner une sinistre classification des races ?

Peu à peu, quelques personnes sont entrées dans la salle, certaines en blouse blanche, d'autres en tenue civile, qui se sont mises à lire, à consulter les ordinateurs ou à prendre des notes en silence.

Je tourne, tourne les pages de la *Nouvelle Iconographie*, des pages sans elle.

À peine ai-je trouvé de quoi me familiariser avec le

fonctionnement de la Salpêtrière. Je renifle craintivement les peaux cireuses des femmes, je me soumets à elles. Et puis, je referme ce premier volume pour saisir le suivant.

Presque deux heures ont passé.

J'ai l'habitude de visualiser les événements à l'avance. J'avais d'abord imaginé ouvrir l'enveloppe dans ma chambre, ou alors sur un banc devant la plage, mais bizarrement, rien ne convenait vraiment. Je n'aimais pas l'idée qu'un événement, un détail puissent venir me distraire. La recherche d'un environnement neutre était primordiale.

À la maison, il y avait le chat, et c'était trop clos, trop solennel. Le long de la plage, trop exposé. Il pouvait y avoir des cris, des passants, du vent. Lorsque j'y songe de nouveau, je me demande quelle étonnante intuition me fit deviner l'importance de ce premier moment.

Le jour qui suivit la soirée au *Crocodile*, Fragile a été mal fichu. Il a vomi pour la première fois sur le parquet de ma chambre. Ce chat est presque continuellement malade. Selon les jours, il régurgite, il a la diarrhée, refuse de manger, de boire, de bouger. Il refuse de ronronner. Son regard s'éteint, son poil se ternit, s'ébouriffe. Puis, douloureusement, mais à chaque fois, il renaît de ses cendres.

Quand je me suis levée ce matin-là, une nouvelle période de nausées félines venait donc de commencer. J'ai essayé d'enfermer Fragile dans la cuisine, mais il n'était pas d'accord. Alors, avant de partir travailler, j'ai glissé l'enveloppe dans mon armoire pour qu'il ne risque pas de la trouver, de la salir.

Le soir, j'ai lu dans un fauteuil, puis je me suis couchée sans m'être approchée de l'armoire.

Le jour suivant, je me suis décidée à glisser Léontine dans mon sac. J'avais deux heures de pause pour déjeuner. J'ai pris ma bicyclette, oubliée depuis des semaines. À peine plus de dix minutes suffisaient, avec les raccourcis, pour atteindre la lisière du bois.

J'ai fermé à clé la porte en verre de la boutique. J'ai roulé. Je me suis sentie heureuse. Il faisait beau, le ciel était très pur, très pâle, les mouvements de mes jambes étonnamment fluides.

L'air. La pénétration dans l'air qui, au printemps, n'est plus la même. J'aimais cette enveloppe dans mon sac. Sans le connaître, j'aimais le secret que j'y devinais enfermé. J'aimais l'écriture fatiguée de ma mère. Puisque j'avais décidé qu'il s'agissait de la sienne, violette, déliée, lointaine.

Je me suis dirigée un peu à l'écart de la route. La pierre de Grand Paradis. J'ai couché mon vélo sur le bord du fossé, et marché une centaine de mètres à l'intérieur du pré. Mes chaussures de ville butaient contre le relief de la terre. Défoncé par les sabots des vaches à la dernière pluie, le pré, avec la sécheresse, avait durci dans cette cahotante topographie que je connaissais bien.

À mon âge, voilà, je retrouvais comme à dix ans la pierre plate mangée de lichen où j'avais passé tant d'heures autrefois. Grand Paradis. C'était des siècles plus tôt, mais je n'avais oublié aucun des moments passés ici. Pour la plupart, ils étaient paisibles. Ce n'était certainement qu'une pierre, mais tout ce qu'autour je pouvais apercevoir, en quoi il était possible, je l'espérais, de me fondre ou de m'effacer, tout cela était bien réel.

Le toucher, la vue et les odeurs de la campagne étaient

presque inchangés, avec le chemin tordu qui partait sur la droite, le bois derrière, en masse ombreuse et rassurante, bruissante d'insectes. Au loin, j'ai deviné la silhouette vive d'un tracteur, rendue floue par la jeune chaleur d'avril.

Je me suis laissée aller en arrière, les fesses sur la pierre, la tête posée sur une motte. Pourquoi me dépêcher de l'ouvrir, cette enveloppe ?

Du bout des doigts, je touchais les herbes et sous mon dos je devinais, vertigineux, le sous-sol infini. Enfant, j'étais persuadée que cette terre de Grand Paradis, sous mon corps étendu, m'appartenait dans toute sa profondeur. Pas seulement la surface, mais la terre, dessous, et, je l'imaginais, cette glaise, ces cailloux, ces lacs, cette lave, fusant jusqu'au centre du globe terrestre, et au-delà, poursuivant sa course pour que soudain quelque chose ressorte de l'autre côté, quelque chose qui était peut-être moi, ébouriffée, ravie, perdue. Quelque part, sans doute sous la mer, existait le symétrique de Grand Paradis. J'aurais adoré connaître cet endroit, au moins en avoir une photo.

Car j'aimais les photos. Quand j'ai eu neuf ans, pour mon anniversaire ma mère m'a fait cadeau d'un Instamatic 25. Avec cet appareil bon marché, facile à manipuler, je pouvais envisager d'une façon nouvelle les choses qui m'intéressaient dans la vie : les plantes et les animaux aquatiques. Je mitraillais avec frénésie les champs, les crabes verts, les fossés envahis d'eau, les goémons desséchés, les insectes de la rivière, nèpes, notonectes, ranatres et larves affamées. En vérité, je ne prenais pas de photos à proprement parler, pas beaucoup en tout cas, « parce que ça coûte cher, qu'est-ce que tu crois ». Je photographiais en pensée. J'avais presque toujours mon appareil dans ma poche. Je scrutais, réfléchissais, sans nécessairement passer à l'acte. J'apprenais l'abstraction. La beauté sans le geste. Aujourd'hui encore, subsistent intacts dans ma mémoire quelques-uns de ces clichés dont le déclic n'a jamais retenti.

Un jour que, seule comme à mon habitude, je me promenais à la lisière du bois de Moncarse, pas très loin de la pierre plate sur laquelle j'étais assise à l'instant, l'idée de la haie est apparue. L'envie soudaine de glisser ma tête dans une haie. C'était typiquement le genre de lubies que j'avais à l'époque. Je me suis agenouillée. Je me suis enfouie dans la haie.

Là, dans le vert, dans la griffure, j'ai ouvert les yeux, puis les ai écarquillés. Ce qui s'offrait à moi m'a remplie d'une bouleversante volupté, qui dépassait de loin tout ce que j'avais imaginé. Car dans cet entrelacs de branches, de tiges et de feuilles malingres, se dessinait une jungle dont, j'en étais persuadée, personne n'avait encore soupçonné ni la puissance, ni même l'existence. Je suis restée dans cette position de longues minutes, sans remuer malgré son inconfort, retenant mon souffle.

Je suis retournée à la maison en courant à travers champs. Il me fallait mon Instamatic.

Et c'est pendant cette course que m'est apparu le nom qu'il fallait donner à la pierre sur laquelle, presque tous les jours depuis plusieurs années déjà, je trouvais la paix dans le secret de la campagne.

Grand Paradis, la vie minuscule des branches dans la haie, Grand Paradis, la lumière bourdonnante des mouches qui calment les pleurs, Grand Paradis, le silence loin des humains.

Où avais-je déniché ce nom, il me semblait que je ne l'avais pas vraiment inventé. Il s'était imposé à moi, comme une évidence, un cadeau dans ma main, tombé du ciel ou de la branche d'un arbre.

Bien plus tard j'ai appris qu'un Grand Paradis existait bel et bien, ailleurs, différemment. Le *Gran Paradiso* était un sommet des Alpes italiennes. Si ça leur faisait plaisir. Le nom, à la rigueur, je voulais bien le partager.

J'avais rangé l'appareil dans l'un des tiroirs de la commode de ma chambre, je l'ai attrapé à la volée. La maison était déserte et je suis repartie aussitôt, sans prendre la peine de respirer.

Les prunelliers. Les églantines. Les ronciers. Les blés avant qu'ils soient mûrs, les fossés de luzerne, les tamaris grésillant d'insectes non loin de la plage, jusqu'aux bambous maigrichons qui délimitaient la terrasse de la crêperie. En un après-midi, j'ai pris onze photos de leurs entrailles vertes.

Pourtant, lorsqu'un peu plus tard ma mère m'a rapporté les tirages – jusqu'à mes dix-huit ans j'ai eu droit chaque année à trois pellicules de douze vues, payées et développées –, quelque chose n'avait pas marché. Une seule photo avait été tirée. Et elle n'était pas de moi.

En cachette, Marie avait pris mon appareil dans le tiroir et s'était photographiée, me tirant la langue dans la glace.

Il n'y avait rien d'autre.

Pendant des heures, j'ai scruté les négatifs devant ma lampe de chevet. Ne s'y devinaient que des formes imprécises, des ombres. Les paysages qu'une semaine ou deux plus tôt j'avais eus sous les yeux n'existaient pas, pas pour eux, pas pour les adultes. Le technicien du laboratoire, et avec lui le monde tout entier, venait de refuser ma version, une certaine idée de la beauté minuscule, comme si ce que j'avais vu n'était que le fruit de mon imagination, ne correspondait à aucune réalité. Je me souviens que j'avais pensé aux vampires, dont le reflet n'apparaît pas dans la glace. Moi, je voyais les vampires. Les vampires et leur reflet d'un fascinant éclat.

C'est cette photo de Marie me tirant la langue à l'âge de quinze ans que j'ai retrouvée dans la carriole, ce soir-là devant le *Crocodile*. Je l'ai même affichée dans l'entrée de mon appartement. Aujourd'hui, elle me fait sourire.

Mais ces paysages, eux, sont toujours restés secrets.

Quand j'ai eu une vingtaine d'années, je me suis acheté un appareil photo de qualité convenable, avec l'option macro, et j'ai recommencé. J'ai posé sur ma table un grand gobelet de fer blanc rempli de tiges de mauves, de tanaisie et de mimosa d'été que j'avais cueillis près de Grand Paradis, et je l'ai mitraillé à quelques centimètres de distance. Onze photos. Cinquante. Trois mille. Je ne sais plus.

Et ça a marché. Sur le papier je pouvais, tout le monde pouvait la voir. La jungle des haies. Le reflet dans la glace, presque plus merveilleux que la vérité sur ma table.

Des années plus tard, ma mère avait suggéré que je la photographie. C'était un mois avant sa mort. Encore aujourd'hui, je me demande comment cette idée avait pu lui venir. Voulait-elle, malgré tout, abandonner un souvenir derrière elle? Voulait-elle que je la regarde, elle qui m'avait tant oubliée?

Puis, petit à petit, j'avais laissé tomber la photographie. Je m'apprêtais à divorcer de Thomas.

Et ma mère, enfin, ma mère était morte.

Je me suis relevée. Je sentais de la terre dans mes cheveux, et je l'ai laissée là. L'enveloppe était sur mes genoux.

J'ai mangé les quelques fruits apportés pour le déjeuner et je l'ai ouverte, aussitôt mes épluchures remballées dans le sac en plastique.

À l'intérieur de l'enveloppe, quelqu'un avait glissé trois photos. De vieilles, de très anciennes photos. Des portraits. Je les ai posés tous les trois par terre à côté de mes pieds pour rapidement les examiner dans leur ensemble. Il s'agissait vraisemblablement de la même personne, à trois moments de sa vie.

Depuis la veille, je retournais ce prénom dans ma tête. Léontine. Léontine. *Léontine.*

*Tine,* une petite cloche du passé. Tine. Tine. Tine.

Et puis soudain, je savais.

Lenoir. Léontine Lenoir. Elle était la grand-mère de mon père.

Elle était mon arrière-grand-mère.

J'ai regardé le ciel. L'air perdait de sa transparence. Derrière moi, les mouches bourdonnaient nerveusement. Inutilement. J'aimais ça, cette précipitation à s'envoler d'un perchoir pour s'y replacer aussitôt. J'aimais ça, depuis toujours, l'inutilité des mouches. Et elles étaient là, fidèles.

Alors, prenant mon temps, j'ai commencé.

*La première photo*

De la taille d'une carte de visite en carton épais, c'était l'une de ces photos-cartes à l'albumine, en vogue à la fin du XIXe et au début du XXe siècle.

On y voyait une petite fille, debout, de face, les pieds légèrement écartés, la mine sérieuse. Immédiatement m'est revenu le visage de l'enfant qui, sur la table de nuit de ma grand-mère Marthe, m'avait bouleversé il y a tant d'années. Il y avait en commun le grand front, le regard comme deux piqûres d'aiguille noires.

Sans trop savoir, je lui donnais aux alentours de quatre, cinq ans. Une petite fille soigneusement coiffée, en robe pâle à petits carreaux, bottines noires qui lui attrapaient la cheville, longue culotte blanche sous sa robe. Elle tenait contre elle une fleur, plaquée juste au-dessus du nombril, une espèce de gros œillet, sûrement rose, que le photographe avait dû lui flanquer entre les doigts le temps de la pose. Une fleur, c'est joli pour une fille. Même une sans tige, comme un oiseau mort aux pattes recroquevillées. Elle la tenait de la même façon empruntée qu'on saisirait à pleine main une grosse meringue un peu rance, si friable et embarrassante était cette fleur qui n'avait pas l'air vraie. L'autre main était posée sur la bordure d'un panier rempli d'autres fleurs de toutes les couleurs – claires et foncées dans le noir et blanc jauni, dans la courte odeur de poussière.

Sur la gauche de son visage timide, une minuscule tache d'encre bleue, très pâle, avait dessiné un œil au beurre noir sur la peau blanche. Une petite fille translucide. Légère, peureuse, aux pieds écartés, comme un hoquet d'enfant.

Le nom et l'adresse du photographe, *Delphin, 72 rue des Fonderies, Rochefort sur mer*, étaient gravés sous la photo.

Je l'ai regardée. Elle n'a presque rien pesé lorsque je l'ai soulevée et portée jusqu'à ma figure. Ça a été immédiat, la fascination que j'ai eue.

Au dos, sur le carton piqueté, j'ai lu alors ce mot unique, tracé bien au milieu en petites lettres pointues, à l'encre noire :

Moi

*Moi.* Je m'étais préparée à tout, presque à tout, sauf à ça. Je suis restée figée, engourdie sur ma pierre plate. Le carton entre les doigts. À l'autre bout du siècle, quelqu'un avait écrit ce mot sur la carte, une signature distraite, comme une connivence. *Moi.*

*Moi.*

Je suis restée fascinée par ce mot. J'ai toujours été sensible à l'écriture et j'ai aimé celle-ci, presque masculine. Au-delà de toute logique, ces trois lettres avaient ouvert le ciel au-dessus de ma tête. La main qui les avait tracées m'avait percée à jour, je l'avais su à peine cette silhouette avait-elle jailli de l'enveloppe. Elle m'avait reconnue, je ne saurais comment expliquer ce sentiment de certitude absolue. C'était moi. Cette petite fille était celle qui marchait dans les herbes, elle était celle qui avec moi *était* l'herbe. Celle qui pouvait voir les paysages dans les haies.

J'ai reconnu les joues, la posture empruntée, le petit œil effaré. C'était moi il y a cent, cent dix, cent vingt ans. La Petite Moi, c'était moi, celle en mon corps qu'après toutes ces années je ne pouvais imaginer de laisser échapper.

Je me suis jetée de nouveau en arrière, vers les arbres, vers les mouches, j'ai repris mes esprits. Non, c'était différent de ça. Elle n'était peut-être pas *moi*, mais tout au moins m'était destinée. Je sentais un message. Non, pas vraiment un message, c'était idiot, une idée de mouvement plutôt, de transmission, oui, une impression de mouvement, c'était ça. C'était tout à fait stupide, et pourtant c'était vrai. De sous la petite tache d'encre bleue, elle me lançait : *Eh bien ? Et alors ? Me laisser comme ça ?* Et ma grand-mère Marthe, à son tour, dardait vers moi son œil charbonneux : *Eh bien, et alors ? La laisser comme ça ?*

Mais comment ? Comment était-elle ? Comment ça, *comme ça* ?

Comment l'expliquer, je ne sais pas. Jamais je n'avais rien connu de pareil. Cette enfant, cette Petite Moi était dans ma main et, ne me demandez pas pourquoi, je savais que quelque chose d'extraordinaire venait de nous arriver. À moi, et puis à elle.

Je sentis un spasme, un souffle, une ombre. Dans mon ventre et dans ma gorge il y avait la longue déflagration de cette enfant-là.

Devant Grand Paradis, à l'horizon, le tracteur, ses ondes de chaleur et même son grondement familier avaient disparu.

J'ai eu moins de temps pour le deuxième portrait, j'étais encore un peu sous le choc, il n'était pas loin de trois heures. La lumière n'allait pas tarder à perdre de sa fixité.

*La deuxième photo.*

Elle avait à peu près la taille de la première, et avait été collée sur un carton de couleur crème au format d'une carte postale. La petite avait grandi, elle avait maintenant douze, treize ans, portait une tenue blanche volantée, un col tombant et souple bordé d'un large pan de broderie anglaise. J'ai toujours été très mauvaise pour donner un âge aux gens. À l'époque, l'apparence physique et vestimentaire était si différente, les jeunes filles déguisées en enfants, ou bien en femmes, et les garçons en filles… Léontine était vêtue comme une fillette, certes, mais en ce temps-là n'était-ce pas l'habitude ?

Sa pose nouvelle, plus étudiée, s'était alanguie, elle se tenait mollement accoudée sur le dossier d'un fauteuil de bois chantourné. Les bras s'étaient potelés, le regard adouci, l'allure avait pris un peu d'assurance.

Cette fois, Léontine ne fixait ni l'objectif ni personne. Au dos, il y avait bien une annotation à l'encre noire, mais l'écriture différente, hâtive, avait formé en une diagonale désinvolte des chiffres d'aspect gothique.

1882?

Une mouche m'a pincé le cou, je suis revenue dans mon pré, sur ma pierre plate. Quelques nuages étaient apparus. J'ai eu froid. Le cuir de mes chaussures était tartiné de terre séchée. Grand Paradis s'était assombri.

J'ai rangé les photos, replié hâtivement mes affaires et je me suis levée. La boutique allait rouvrir et je ne voulais rien bâcler. Une photographie par jour, ça aurait dû suffire. J'étais déjà allée trop vite.

Et puis, je le sentais, il me faudrait plus de temps encore pour essayer de comprendre la dernière Léontine, celle que je glissai dans l'enveloppe avec les deux autres, celle que je n'avais pas vraiment voulu regarder.

Lorsqu'à la fin de la journée je suis rentrée chez moi, je me suis déshabillée, j'ai pris une douche et me suis laissée tomber, pesante et mouillée, sur mon lit. Je me sentais étrangement lourde, engourdie comme si quelqu'un m'avait battue.

J'ai avalé quelques fraises sans penser à grand-chose. Les fraises que j'achète ne sont presque plus jamais bonnes. Elles sont grosses, rouges et belles, mais pas bonnes comme autrefois. Je me suis rappelé ma mère qui, dans la cuisine de la rue de la Petite-Quille, déplorait la même chose, il y a trente-cinq ans. Lorsqu'elle était petite, les fraises avaient du goût.

Il faisait encore assez bon, et de la mer, de la plage, venaient s'échouer contre ma fenêtre de longues bordées de cris assourdis. J'ai pris l'enveloppe dans mon sac, l'ai posée sur la table. Fragile m'a regardée un instant. Sa langue, interrompue en vol, ridiculement coincée entre ses dents, émergeait au-dehors. Puis il s'est détourné. J'ai repris l'enveloppe, j'ai lu et relu le nom de Léontine au feutre de couleur. C'était l'écriture violette de ma mère, celle des lettres à New York, je m'en persuadai.

J'ai enfoui ma tête dans le ventre du chat, son poil encore parfumé de salive, comme une petite odeur d'huître pas tout à fait fraîche. Si je m'y prends bien, dans son élan il me lèche tout le front avant de s'empêtrer la langue à la naissance de mes cheveux.

J'ai pris l'enveloppe, je n'ai fait que ça. Je l'ai prise, je l'ai posée. Et j'ai fini par en sortir la dernière Léontine.

*La troisième photo*

Elle était vraiment différente des autres. Plus grande. Le papier, lui non plus, n'était pas le même : ni cartonné ni glacé. On aurait dit la page frottée d'un vieux livre, lisse et usée. Le portrait en lui-même, deux fois plus haut, deux fois plus large que celui de la Petite Moi, s'étalait au beau milieu de la page. De mes doigts écartés, Dieu sait pourquoi j'ai commencé par mesurer l'ensemble. Quinze centimètres sur vingt-trois. À peu près.

Coupée sous les seins par le cadrage serré, Léontine, c'était écrit et même imprimé en toutes lettres, Léontine L., me faisait face sans me regarder tout à fait. C'était une jeune adulte à présent. Ses cheveux, un peu plus foncés, un peu moins bouclés, étaient retenus en un chignon serré dont seule une petite mèche vrillait au-dessus de l'oreille. J'ai reconnu la bouche, petite, bien dessinée, qui avait gagné en maturité ce qu'elle avait perdu en stupeur. Léontine L. portait une veste noire, à moins qu'il ne se soit agi d'une robe d'hiver, austère, boutonnée jusqu'au cou et dont on ne distinguait plus ni les plis ni les ombres, avalés par le papier.

Léontine me regardait, mais ne me regardait pas. J'ai pensé à ma grand-mère Marthe qui presque jamais ne m'a regardée en face.

L'un des yeux de mon arrière-grand-mère était grand ouvert (le droit), placide, sombre, presque éteint malgré le sourcil relevé, et l'autre, tout aussi impassible, simplement fermé. Sans aucune contracture des traits du visage. Sans que cela ressemblât une seconde à un clin d'œil, à une quelconque facétie. Juste une dérangeante absence à soi-même, quel que soit le côté de la figure qu'on observait. Un seul œil ouvert, l'autre fermé.

Regarde-moi, Fragile.

Avant de réfléchir davantage, j'ai essayé de reproduire ce visage, devant le miroir au-dessus de la table envahie de plantes, ce clin d'œil mort sur ma face fripée. Jamais, je le sentais confusément, même les deux yeux ouverts, même les deux yeux fermés, ne s'était dessinée sur moi la moitié de cette torpeur.

Depuis toujours, je crois, la partie droite de mon visage est presque inexpressive. Personne n'y a sans doute jamais prêté attention, mais je suis absolument incapable de cligner de l'œil droit, et mon sourire, en naissant, s'étend en grimace vers la gauche. Ce qui fait que mes sillons naso-géniens sont asymétriques et mon profil droit, finalement, est d'allure un peu plus jeune que le gauche. Je n'ai remarqué cela qu'il y a peu de temps, lorsque l'affaissement de mes traits a commencé à s'accentuer et qu'un jour je me suis observée dans la glace avec plus d'attention.

Fragile a interrompu sa toilette, il m'a dévisagée en battant des paupières. L'une, puis l'autre. Je me suis détournée. Je ne savais ni quoi faire ni quoi invoquer.

Je me suis endormie à côté du chat et quand, une heure plus tard, je suis revenue à moi, il était invisible. J'ai allumé la télévision sur une chaîne au hasard, une voix féminine a dit : « La saucisse de Morteau a une saveur bien particulière », j'ai éteint la télévision. À ce moment, Fragile, un toupet de poussière voletant sur les moustaches, a jailli de sous le lit.

J'ai lu et relu la légende imprimée au bas de la troisième photo en lettres capitales :

*BLÉPHAROSPASME HYSTÉRIQUE*
*Léontine L.*

C'était peut-être ça. Le secret de l'enveloppe. Mais aussi, simplement, l'auréole d'encre sur l'œil de la Petite Moi. J'ai repris la première photo. Cette teinte bleutée qui filtrait son regard. Que voyait-elle de son univers disparu ?

Ou alors le secret, c'était le mot, derrière. *Moi.*

Mais quels sont les secrets ? Et à quoi peuvent-ils bien servir ?

C'était peut-être une sorte de magie, de sortilège, je ne sais pas le mot, et quel qu'il soit il aurait l'air stupide, mais je savais qu'il existait un lien entre ce Moi et moi. La photo était la sidération d'un éblouissement, et derrière ce halo aveuglant se cachait quelque chose que je ne pouvais pas voir. C'était bien au-delà du savoir. Si je me penchais vraiment, si je m'oubliais, coulant, ruisselant en elle, à côté, modeste, si j'étais prête à y laisser mes os, redevenir un animal, peut-être, peut-être que je réussirais. J'entrerais dans la photo avec la Petite Moi.

J'ai relevé la tête. Il faisait presque déjà nuit.

J'ai cherché les images. Les gestes exacts.

Car voici l'idée que je me faisais : l'*hystérique*, c'était Marie, l'autre jour à la *Forge fleurie*. C'était elle, n'est-ce pas, l'hystérique ? Cette femme soûlée d'alcool et d'une rancœur absurde dont, même en y réfléchissant bien, je ne pouvais déceler l'origine. Ses bras, sa peau boursouflée, ses cris soudains. J'aurais pu le lui lancer, ce mot, je l'ai peut-être dit, je l'ai sûrement pensé.

J'ai essayé de me rappeler. J'avais bien, qui resurgissaient peu à peu, les images, mais le son restait brouillé.

*Écoute… je n'aime pas quand tu t'énerves. Quand tu t'agites comme ça… Tu te crois où, à prendre tes aises de cette façon, à crier, à chasser les clientes ? Arrête ton hystérie, Marie. S'il te plaît. Calme-toi. Qu'est-ce que tu veux ?*

J'avais dû lui dire : *Tu fais ta folle*. Elle avait l'air d'une folle.

Les images, finalement, elles aussi restaient floues. Je n'avais pas voulu regarder Marie. Je m'étais contentée de sa robe grise, de ses dents salies. Ma voix elle-même ce jour-là se brisait, je l'ai encore, aujourd'hui, retenue dans la gorge.

Hystérique, qu'est-ce que ça voulait dire ? Démente ? Simplement énervée ? Ça voulait dire s'agiter, beugler, ne pas m'écouter ?

Paradoxalement, le terme que je comprenais le mieux dans la légende de la troisième photo était le premier, *blépharospasme.* À l'automne, j'avais eu un petit problème ophtalmologique. Une blépharite, a diagnostiqué le médecin. À la pharmacie, une cliente de la *Forge fleurie* qui faisait la queue derrière moi me confia que des inflammations des paupières, elle en avait presque chaque année, ce n'était pas grave. Juste un peu douloureux. Et elle avait raison, c'était vite passé.

Blépharospasme : spasme des paupières. Ou spasme d'une seule paupière. Comment savoir ? Les yeux de Léontine avaient l'air tellement calme ! Sa figure, son expression, étaient bien éloignées de l'image que je me faisais d'une hystérique, si confuse que fût cette image. Se pouvait-il qu'elle restât des jours durant avec cet œil ouvert qui refusait de ciller ? *Ne fais pas cette grimace, Do, s'il y a un courant d'air, tu vas rester comme ça toute ta vie.*

J'ai fixé son visage, encore et encore. Essayé de comprendre. Je ne voyais là aucun spasme. Je ne voyais pas d'hystérie. Depuis combien de temps Marie gardait-elle cette enveloppe sans rien faire, sans rien dire ? Je me suis posé la question. Que savait Marie de tout cela ? Peut-être ignorait-elle jusqu'à son existence... C'était justement parce que ce nom de Léontine à l'encre violette ne lui disait rien qu'elle l'avait flanquée dans la carriole, à ma disposition. Si ça ne lui appartenait pas, cette histoire, sans doute était-elle à moi. À ma mère ou à moi, autant dire à personne.

Je ne pouvais rien demander, je n'ai jamais pu, de toute façon. À ce moment-là, même si je l'avais désiré, je n'aurais su où trouver ma sœur, tapie quelque part dans la ville.

Dans mon vieux dictionnaire je me suis décidée à chercher des définitions. C'était un commencement.

*Hystérie*. Du grec *hustera*, utérus. « Névrose caractérisée par la traduction dans le langage du corps des conflits psychiques et par un type particulier de personnalité marquée par le théâtralisme, la dépendance et la manipulation de l'entourage. »

Au loin, j'ai cru entendre la sirène d'un bateau de pêche qui traversait la baie. La manipulation de l'entourage.

Nul *blépharospasme* dans le dictionnaire, je m'y attendais, mais la fameuse blépharite, voisine alphabétique de la blennorragie. Du grec *blepharon*, paupière. « Inflammation des paupières. » C'était bien ça.

Et enfin *spasme*, du grec encore, *spasmos*, contraction. « Contraction involontaire d'un groupe musculaire. » Involontaire. Ce mot en particulier m'a frappée. Ce clin d'œil qui, si j'en croyais la définition, échappait à la volonté de Léontine, pouvait-il concorder, alors, avec celle d'une autre personne ? Celle du photographe ? Puisqu'il y avait eu un photographe. Je sais bien qu'à la fin du XIX^e^, on ne faisait pas de photos soi-même, en famille, entre amis, on allait chez un professionnel, on se pliait à une mise en scène empesée. On enfilait ses habits du dimanche. Cela donne la fleur rose contre le ventre de la Petite Moi, la pose languissante sur la chaise en bois chantourné. Les cols en dentelle.

Vous êtes l'hystérique qui ne savez composer un visage ordinaire. Restez là, ne bougez plus, maintenant.

Il y avait eu ce quelqu'un et, sans doute, des phrases prononcées. J'ai imaginé une sorte d'indifférence irritée.

Ce que j'avais entre les mains, c'était un portrait d'étude. Qui avait bien pu porter ce regard et la nommer Léontine L. ? C'est alors seulement, mes yeux n'ayant pu jusque-là se détacher de ceux de mon arrière-grand-mère, que j'ai remarqué, en lettres minuscules, le nom de cet homme.

*Cliché A. Londe*

J'avais ça. Un nom. Et tant d'autres, derrière, qui se profilaient, mystérieux, tant de gestes, tant d'heures et tant de jours qui avaient pu conduire la petite fille en robe à carreaux pâlis jusqu'à ce clin d'œil sans vie.

Le samedi suivant, dans l'après-midi, je suis allée à la bibliothèque, rue des Lentilles-du-Parc.

Dans la poche de ma veste, la photo de la Petite Moi. Depuis ce jour où j'avais ouvert l'enveloppe, à Grand Paradis, elle ne m'avait pas quittée. Le jour, pendant mes heures de travail, je la gardais dans une petite poche de mon sac, emmaillotée de papier kraft. La nuit, elle veillait debout contre une pile de livres, à côté de mon lit. Je ne pouvais me détacher d'elle. Et chaque matin, je ne sais pourquoi, la pupille noire que je découvrais me semblait encore rétrécie, le regard plus triste et perdu.

Dans la petite bibliothèque municipale, il y avait deux ordinateurs dont l'un était en panne. C'est l'accorte Anita Boscher, responsable de la section adultes comme l'indiquait le badge épinglé sur sa poitrine, qui gentiment m'a expliqué comment effectuer des recherches sur celui qui fonctionnait encore. Il suffisait de taper les mots sur lesquels on désirait des informations, c'était d'une simplicité enfantine. J'ai attendu qu'elle s'éloigne pour sortir la feuille de papier blanc que j'avais apportée. J'ai posé mon crayon sur la table en formica brun, lisse et brillant. L'ordinateur, m'étais-je dit, ne dispense ni d'un crayon ni d'une feuille. J'ignorais par quoi commencer, ne savais comment penser, je n'avais pas voulu réfléchir trop à l'avance, car je ne sais pas vraiment réfléchir.

Pour finir j'ai tapé *Delphin*, le studio de photographie Delphin indiqué sur la première photo, et l'ordinateur m'a annoncé, après une réflexion éclair, qu'il était en mesure d'aligner à peu près trois millions six cent mille résultats. Ça m'a anéantie.

J'ai fait défiler des dizaines de pages. On me proposait des dauphins, un hôtel en Turquie, un magistrat en guerre contre le nazisme, un opéra pour enfants, un bar-crêperie-bar à vins à Cassis, une massue de jonglerie, un blog des élèves de première S3, un studio état neuf de 20 $m^2$ non meublé lit sur mezzanine à 340 € + 20 € de charges (sauf électricité). J'ai buté sur des lignes obscures en anglais, en allemand, en espagnol, on m'a informée que Delphin était le onze mille quarante-neuvième nom porté en France, et que plus de cinq pour cent des personnes du nom de Delphin habitaient dans l'Isère. Je n'ai pas eu le courage de creuser plus profond.

Quelques mètres plus loin, à son bureau lui-même pourvu d'un ordinateur, Mme Boscher, joliment engoncée dans son chemisier beige en nylon, me souriait pourtant d'un air encourageant. J'ai eu honte de n'arriver à rien. J'ai fait un petit signe de tête dans sa direction, tout allait bien, ça marchait du tonnerre.

Alors j'ai essayé *rue des Fonderies à Rochefort*. C'était déjà mieux. Ça ne servait à rien, mais c'était déjà mieux. J'ai découvert que Colbert, qui avait créé au XVII^e^ siècle une base navale de grande importance à Rochefort, avait utilisé les services d'un maître fondeur de canons du nom de René Landouillette. J'ai aimé que cet homme accompagne mes premiers pas sur le chemin vers Léontine. Il me rendait service, ce Landouillette soudainement apparu sur l'écran : il faisait naître une minuscule connivence entre Google et moi. Je t'aurais même volontiers épousé, René, si tu avais voulu un instant laisser tomber tes idées de canonnage. Dominique Landouillette, ça m'allait comme un gant, ce jour-là, à la bibliothèque de la rue des Lentilles-du-Parc.

Depuis les faits qui m'intéressaient, la rue des Fonderies avait été rebaptisée *rue de la République*. Si Anita Boscher, venue à ma rescousse un moment plus tard, ne s'était pas trompée dans ses expertes manipulations, à l'ancienne adresse du studio Delphin se trouvent aujourd'hui un magasin de vêtements pour enfants ainsi que quelques appartements au-dessus. Ma première impulsion a été de vouloir contacter leurs occupants sans attendre, et même de tout faire pour les rencontrer, les uns après les autres – il y avait quatre noms, avec les numéros de téléphone –, pour harponner quelques bribes de leur existence. J'aurais aimé deviner comment celle-ci pouvait entrer en écho avec la vie de Léontine. C'est dire si je ne manquais pas de logique. J'étais bien partie avec mon Landouillette et ma rue de la République.

*Bonjour, madame, mon arrière-grand-mère est venue un jour se faire photographier avec sa petite robe, en dessous de chez vous, il y a cent trente-cinq ans. En gardez-vous le souvenir d'une façon ou d'une autre ? La maison en conserve-t-elle la trace ? Percevez-vous parfois la plainte muette de celle qui, des années plus tard, se fit remarquer par ses étranges blépharospasmes ?*

De toute façon je n'ai jamais trop aimé parler aux inconnus. La réponse aurait sûrement été : *Oui, oui, nous nous la rappelons tous dans l'immeuble.* Si j'étais allée voir là-bas, j'aurais perçu sa présence, le modeste froufrou de sa robe, l'éclat ténu de ses yeux noirs, le bruissement de son œillet farci de poussière morte. Ma recherche n'avait pas besoin, pas entièrement besoin, de la réalité de l'histoire.

Mais malgré toutes ces convictions sans fondement rationnel, c'était possible, et même probable : les bottines sombres de la Petite Moi avaient bel et bien piétiné ce lieu, 72, rue de la République, à Rochefort. Le paysage, depuis, avait dû être bouleversé, s'urbanisant, s'enlaidissant, mais la localisation par satellite – je me modernisais à grande vitesse – m'aurait donné raison : l'endroit, l'enfant avaient existé là.

Et survint ma première vision.

Elle entre dans la boutique, je n'ai pas la moindre idée de comment peut se présenter un studio de photographie à l'époque, mais elle entre, avec un adulte sans doute, sa mère ou son père, ou peut-être les deux, pourquoi pas, ses frères, ses sœurs, jamais il ne m'était venu à l'esprit qu'il puisse y avoir d'autres enfants dans la famille, mais maintenant, 72, rue des Fonderies, j'imagine des ribambelles de Lenoir se pressant, bousculant la toute petite fille en bottines, allons viens, la tirant par le bras, dépêche-toi, la soulevant de terre, ne touche pas ta robe avec tes mains sales, tu feras bien ce que le monsieur te dira, tu souriras et tu ne bougeras pas, tu vas tenir cette fleur-là, cet œillet rose, c'est une belle chose que cette fleur, tu aimes les fleurs, hein, serre-la contre toi comme on te le demande, ne prends pas cet air ahuri, Léontine, regarde ta mère, regarde le monsieur, n'aie pas peur, Léontine, je te dis d'arrêter d'avoir peur, toujours cette inquiétude derrière toi, tapie, ah, tais-toi, Léontine, tu me fatigues avec ta peur, avec ta souffrance.

J'aurais voulu en rester là.

Mais ça n'était pas raisonnable. Dans ma poche, il y avait toujours la photo, enveloppée de papier brun, serrée à double tour. Les yeux de la petite fille s'y écarquillaient, se desséchaient contre le kraft, essayant dans l'obscurité de ne pas disparaître.

À la fin, pourtant, je devinais que le portrait de la Petite Moi finirait bel et bien par s'évaporer. À force de la scruter de cette façon, de l'envelopper de papier chaque matin en croyant la protéger, de l'en décortiquer presque aussitôt pour la dévisager encore, en quelques jours l'état de la photo avait été déjà sensiblement altéré. À quoi ressemblait-elle exactement, le soir où Marie me l'avait confiée ? La tache d'encre avait-elle vraiment cette ampleur, à Grand Paradis, la première fois ? La marée bleue qui s'écoulait de l'œil lui mouillait à présent toute la joue.

Sans le vouloir, je dévorais des yeux cette enfant, je l'aspirais. Ainsi, je l'avais remarqué le matin même, un petit éclat à quelques millimètres seulement de son bras avait commencé à se décoller, laissant apparaître la blancheur fibreuse du papier. Cent trente ans que ce carton à l'albumine résistait au temps qui passe, et il m'avait fallu si peu de jours pour, irrémédiablement, entreprendre de le détruire.

Non. Je ne pouvais pas en rester là. Elle me suppliait muettement, c'était impossible.

Il me fallait un peu d'air.

Je suis sortie prendre un café juste à côté, au *Bar des Sports* qui jouxte la bibliothèque et le stade municipaux. Pour me donner un peu de temps et aussi parce qu'une jeune fille attendait depuis quelques minutes, près de moi, que l'ordinateur se libère. Je ne voulais plus personne alentour. Ni elle ni Anita Boscher et son sourire compréhensif. Personne. C'est à peine si je voulais de moi. J'étais sortie prendre un café, mais sans réfléchir j'ai commandé un Viandox, ce qui était une idée ridicule, je n'en avais jamais bu. Finalement, je l'ai avalé d'une traite, et suis ressortie aussitôt.

Je suis passée aux questions que posait la troisième photo, il le fallait bien. J'ai guetté le départ de la jeune fille en faisant semblant d'examiner le rayon des livres de gastronomie. Il y avait là un drôle de petit ouvrage sur la cuisine des plantes sauvages, je me suis promis de revenir le chercher un autre jour. Elle a fini par se lever et partir. C'était une belle fille blonde à la queue-de-cheval bondissante. Quel pouvait bien être l'objet de ses recherches, quels donc étaient les centres d'intérêt d'une belle fille blonde d'une vingtaine d'années dans cette petite ville, aujourd'hui ? Elle avait l'air incroyablement familière de l'univers informatique. À la *Forge fleurie*, je ne m'en approchais pas, de l'informatique. Mme Loris avait bien un ordinateur portable sur lequel elle faisait ses comptes et enregistrait les commandes, mais ça ne m'intéressait pas. Absolument pas. Le maniement de la caisse de la boutique aurait largement suffi à combler, si j'en avais eu, mes besoins de modernité.

J'ai tapé Londe, ça a mal démarré avec des locations de vacances à La Londe-les-Maures. Mais je ne me suis pas laissé faire.

Au bout de trois minutes j'avais un prénom, et onze autres seulement ont suffi pour découvrir qu'Albert Londe (1858-1917) était devenu à vingt-quatre ans le photographe de l'hôpital de la Salpêtrière, à Paris. C'était en 1882. Avec son appareil chronophotographique à douze objectifs, il étudiait et immortalisait les différentes phases de la crise d'hystérie. Son nom m'a paru familier. Albert Londe. J'ai cherché où j'avais pu l'entendre, était-ce dans la bouche de ma mère, dans celle de ma grand-mère Marthe ? Marie l'avait-elle déjà évoqué devant moi ? Ça me laissait un goût étrange sur la langue.

La première photo signée Londe qu'il m'ait été donné de voir, outre celle qui m'attendait chez moi dans mon armoire à linge, datait de 1898. Elle s'intitulait *Radiographie de main sexdigitaire*. Une main à six doigts, au pauvre squelette maladroit, scintillait sur l'écran devant mes yeux à demi fermés de stupeur.

Je me suis interrompue, il fallait que je souffle un peu. J'ai regardé autour de moi, ma vision était brouillée, il n'y avait presque plus personne dans la salle. Presque aucun bruit non plus, à peine distinguait-on le bruissement produit par Anita Boscher qui parlait au téléphone d'une voix amicale et douce, gloussant de temps à autre, remuant de haut en bas son pied chaussé d'un bottillon blanc.

Les travaux d'Albert Londe sur l'hystérie ont été regroupés dans un ouvrage – je n'ai pas compris à ce moment-là s'il ne s'agissait que d'un seul volume ou s'il y en avait plusieurs, toute une collection, un rayonnage, une bibliothèque, une tour, la tour de Londe –, intitulé *Nouvelle Iconographie de la Salpêtrière*.

J'ai tapé ça, *Nouvelle Iconographie de la Salpêtrière*. Finalement, ça n'était pas si compliqué, les ordinateurs. Il fallait procéder par à-coups, comme, traversant une rivière, on bondirait d'une pierre à l'autre.

J'avais une faim de mots et d'images, mêlée de nausée, de gelure.

J'ai trouvé un site qui aide à dénicher dans toutes les bibliothèques du monde n'importe quel document. En France comme à New York ou ailleurs. Mon père, s'il avait voulu, aurait pu rendre visite à sa grand-mère. Toutes ces bibliothèques possédaient la *Nouvelle Iconographie* de Charcot.

Mais pas celle d'ici, dans ma petite ville sans nom.

Et puis, alors que je commençais à me sentir mal, me mouchant sans relâche, je suis tombée sur un site américain. Se vendaient là, par correspondance, des posters de toutes sortes. Dans leur catalogue, on comptait sept clichés d'Albert Londe, tous tirés de la *Nouvelle Iconographie*. Quarante-six centimètres sur soixante et un. Un beau papier. Une impression de qualité. Paiement sécurisé. Il suffisait de choisir.

Sur l'écran, sont apparus des visages aux yeux blancs, à la langue tirée, des pieds aux muscles contracturés, des jupes retroussées, des plis lourds, des tignasses ébouriffées comme celles de masques primitifs. Des femmes comme des christs en croix, allongées raidies sur un linceul, le bas-ventre ceint d'un linge.

Augustine in ecstasy
Cataleptic melancholy
Involuntary contracture
Hallucinations
Auditory hallucination
Hysterical epilepsy

Et celui-là, enfin, Involuntary blepharospasm.

Un autre chignon de cheveux châtains, un autre visage, une autre femme dont, cette fois, les deux paupières étaient closes. Je l'ai fixée un long moment, ne pouvant la quitter des yeux.

Ce fut comme un coup dans la figure, celui sans doute que j'attendais. Car, je le devinais avec effroi, c'était par hasard que mon arrière-grand-mère ne se trouvait pas sur la liste.

Quelque part, on regardait ces images. Pour trois sous on s'appropriait ces femmes, figées au moment intime où le contrôle du corps est perdu. L'espace d'un éclair j'ai vu les hommes, les dizaines d'hommes qui à travers le monde s'étaient procuré ces affiches. Ayant prudemment refermé la porte derrière eux, les yeux rivés sur la tension de la chair immobile, le froissement lourd des linges, ils étaient postés. Pour quelles raisons avaient-ils acheté ces images ? Devant ces femmes inconnues que le siècle avait avalées, qui toutes étaient Léontine, ces hommes aux yeux exorbités, je le savais, ouvraient aujourd'hui leur braguette.

Je me suis sentie tout à coup très rouge. Mon corps était rempli de sang. J'ai éteint l'ordinateur, sans suivre aucunement les recommandations d'Anita Boscher, mais en appuyant d'un coup sec sur un bouton à côté de l'écran.

Et je me suis enfuie.

Louise Lenoir, ma mère, est morte une nuit de janvier, seule dans sa chambre de l'hôpital de Rochefort, à trois cents mètres à peine de l'ancienne rue des Fonderies. C'était il y a si longtemps.

Lorsque, dans les semaines qui suivirent, Marie et moi avons tenté de trier ses affaires, je n'ai voulu de rien. Nous n'avons pas partagé. Marie avait raison, l'autre jour dans la boutique : j'avais dit qu'on verrait plus tard, et puis je n'ai rien vu du tout. Elle a tout gardé, jusqu'à ce que la traverse la lubie de quitter la ville et de faire ses paquets. Elle n'avait pu deviner, à ce moment-là, la façon qu'elle aurait de partir.

En attendant, depuis des années mon glorieux héritage croupissait dans son appartement, quelque part, dans la ville, je ne savais où.

Non pas qu'elle eût jamais manifesté pour les souvenirs et les objets le moindre enthousiasme, mais, avec une nonchalance fatiguée, ma sœur en avait accepté la charge. Pas moi. Je ne voulais pas des mots de ma mère, ni de ses images. Mes propres affaires d'enfant, une photo de mon père, même le livre vert de ma grand-mère, j'avais tout refusé en bloc. Avais-je donc si peur de la feinte immobilité des choses ?

Je me suis demandé si, depuis le temps, Marie avait

épluché tout cela en détail, ou bien si, au moment de déverser ce fatras poussiéreux dans la carriole, elle s'était contentée d'une répartition sommaire. Avait-elle tout lu, tout reniflé ? Inspecté les guides de New York évoqués l'autre soir au *Crocodile*, les vieux cahiers d'école, les photographies gondolées, les cartes de cantine ou de nouvel an, les vieilles médailles en argent, les lettres ? Que représentait donc tout cela pour elle ? Nourrissait-elle les mêmes ressentiments que moi ?

Sa vie fut si différente de la mienne.

Par exemple, moi, je ne me souviens pas de mon père. Je fais des efforts, ça m'arrive, mais je ne m'en souviens pas. Rien de cohérent ne s'assemble dans mon esprit. Je ne suis certaine que d'une chose : il est, soudainement, parti s'installer aux États-Unis sans nous. Marie avait douze ans, ma mère trente-neuf et moi quatre tout juste.

Quatre ans, ça n'est pas grand-chose. C'est pour ça que rien ne me revient. Les bribes imagées qui flottent dans ma mémoire, je le sais bien, se sont fabriquées malgré moi à partir des photographies que ma mère avait gardées, ou bien de ce qu'elle ou ma sœur m'ont raconté de lui.

Marie, elle, avait connu son père.

Mais ce n'était pas seulement à cause de son âge qu'elle se souvenait de lui. Il y a toujours eu des choses qu'elle savait faire, et puis moi pas. Elle avait su déchiffrer, par exemple, la raison de son départ. Elle n'était jamais entrée dans les détails, mais c'était clair. Elle savait. Moi, je ne comprenais pas. Je ne décryptais rien.

De la geste paternelle, ma sœur n'a pourtant pas été avare. À force de l'écouter, j'en avais presque l'haleine de mon père sur la figure. Mais c'était sans espoir. Malgré tous les secrets qu'elle a pu me livrer, malgré les images que ma mère a bien voulu me laisser entrevoir dans la boîte à chaussures où précieusement elle les conservait, je n'ai jamais réussi à m'en faire un portrait qui m'eût un tant soit peu appartenu. Dès que je croyais avoir dégagé un trait de son caractère, de la même façon que le boucher de ma mère faisait apparaître au long du couteau un nerf dans la masse de la viande, dès que je pensais saisir un pan de sa personnalité, Marie annonçait une nouvelle histoire qui mettait tout en pièces. Mais non, il n'était pas du tout comme ça, je n'avais rien compris. Je ne comprenais rien à rien. Car mon père ne m'appartenait pas.

Ce n'était peut-être pas tout à fait ma faute. Même ma mère ne réussissait guère à le rattraper. Et pourtant, avec les lettres, elle essayait de toutes ses forces, on ne peut pas lui retirer ça.

Les lettres. Elle les avait envoyées en Amérique entre 1963 et 1968, à raison d'une petite dizaine chaque année, qu'elle allait elle-même déposer à la poste de la rue Gros. Son œil, ces jours-là, brillait d'un drôle d'éclat, d'un espoir dont elle oubliait que, bientôt, il serait de nouveau déçu. Quelle force trouvait-elle pour y croire de la sorte, y croire à chaque fois ? Comment pouvait-elle ? Je ne comprenais pas. Car les unes après les autres, les enveloppes lui étaient retournées. Bardées de tampons. Parfois un peu écornées, mais toujours intactes. Fermées. Rejetées. Incroyablement, aucune ne se perdait en route. Ma mère les empilait au fur et à mesure qu'elles lui revenaient, puis les nouait ensemble d'un ruban rouge : elle avait parfois des idées romantiques. Une enveloppe après l'autre, pendant plus de cinq ans.

Ses lettres. Nous n'en disions jamais un mot, comme si elles n'avaient jamais existé. Lui racontait-elle notre vie, lui envoyait-elle des photos, des carnets scolaires, des dessins ? J'ai toujours pensé le contraire. Non, bien sûr que non, elle ne parlait jamais de ses filles. À peine lançait-elle sur nous un œil fatigué. Que contenaient ces lettres, alors ? Certains jours, je m'interrogeais. Je pensais à des lamentations, à la haine, je pensais à des rancœurs. Je me disais qu'elle s'abaissait en lui écrivant, qu'elle était idiote, stupide de rêver encore. Imbécile. Elle n'aurait rien, plus jamais rien. Était-elle donc une petite fille, pour y croire encore ? Ne voyait-elle pas qu'il l'avait reniée, que loin, là-bas, à New York ou ailleurs, Albert se riait d'elle et de nous ? Nous n'aurions plus jamais rien, pourquoi ne pouvait-elle comprendre ce que je savais depuis toujours ?

J'aurais voulu rapporter sur mon dos le cadavre de mon père, le jeter à ses pieds, lourd, enfin utile. Vois ! J'aurais voulu crier, Regarde, bon Dieu ! Il est parti, il est mort ! Il nous a oubliées ! J'aurais voulu l'assassiner, cet homme, lui trancher la gorge, le bourrer de coups, pour elle, pour elle et puis pour moi.

Mais l'histoire de sa vie, c'était lui. Et plus encore que son mari, c'était l'absence de ce mari qui remplissait l'existence de Louise. Marie et moi étions celles qui l'empêchions de partir, interdisions les retrouvailles, pensait-elle sans oser le dire. Je savais bien qu'elle n'aurait jamais quitté la ville, elle avait trop peur, la vie dehors la terrifiait, mais en avait-elle conscience, elle qui nous contemplait de son œil amer ?

Plusieurs semaines après qu'elle était allée à la poste, tout émue, la lettre lui était immanquablement retournée. Dès que j'ai eu six ans, c'est moi qui allais la lui remettre en main propre, généralement dans la cuisine où ma mère, n'ayant pas de chambre à elle, se tenait le plus souvent. Nous n'échangions pas une parole. Il n'y avait rien à dire. Son regard s'obscurcissait un court instant, elle me souriait furtivement comme si ça n'avait pas d'importance, ou comme pour s'excuser. Les jours qui suivaient, elle ne mangeait presque rien. À chaque enveloppe qui refaisait surface, ses épaules se voûtaient un peu plus, sa peau se rapprochait de son squelette.

Longtemps après, le jour où Marie et moi avions fait le tri dans ses affaires de morte, j'avais remarqué que toutes les enveloppes avaient été décachetées. Ma mère avait dû les relire, elle ou quelqu'un d'autre. Quand je suis tombée sur ce paquet ficelé dans un tiroir, je n'ai même pas voulu en détacher le ruban. Je l'ai feuilleté d'un geste agacé, un peu de poussière s'en est échappée.

*Mister Albert Lenoir, Manhattan, New York, America.*

*Mister Albert Lenoir, Chelsea, New York, America.*

Greenwich Village. TriBeCa. Upper East Side. Les quartiers de la ville y étaient tous passés, les uns après les autres, méthodiquement. Puisqu'elle n'avait rien d'autre que ce nom, cette ville, cette rivale, cet éden, New York. Et sur les fines enveloppes *par avion* bordées de rayures, toujours cette même écriture violette, trop appliquée, rêveuse.

En 1968, une énième lettre échoua rue de la Petite-Quille, j'avais neuf ans. Quelque temps auparavant, ma mère avait commencé à affiner son ratissage. Elle ciblait maintenant rue par rue, et à l'époque, je m'en souviens parfaitement, elle en était à la trente-troisième. *Thirty third Street, New York.* Elle avait dû trouver plus persuasif d'écrire les nombres en lettres. Elle pensait peut-être que le facteur américain, ému de son effort, lui en accorderait un en retour. Mister Albert Lenoir, allons, cela ne lui disait vraiment rien ?

La lettre avait été postée presque deux mois plus tôt, lestée d'une série de timbres commémorant les jeux Olympiques d'hiver, qui se déroulaient cette année-là à Grenoble.

La factrice française venait tout juste de déposer le courrier dans les boîtes aux lettres de notre immeuble. J'ai enfourché ma bicyclette et pédalé à toute vitesse jusqu'à Grand Paradis. Là, j'ai enterré l'enveloppe sans l'ouvrir, à quelques mètres de ma pierre plate. Mes yeux se mouillaient mais j'aurais préféré crever plutôt que de lire cette lettre avant de la mettre en terre. Cette lettre était la messagère d'une histoire plaintive dans laquelle, je le savais, je n'avais pas ma place. J'étais bien trop blessée pour la lire, bien trop orgueilleuse. Je l'ai enterrée. Sans pleurer tout à fait. Sans réfléchir. J'aurais pu la jeter, simplement, dans l'une des poubelles de la plage, mais moi aussi j'avais parfois des idées romantiques.

J'avais creusé avec frénésie, tout mon corps sali s'y était mis, mes ongles, mes bras, mes coudes, mes genoux, mes cheveux dégoulinant presque jusqu'au sol, se mêlant à la terre et aux doigts, j'avais arraché des touffes d'herbe que j'avais lancées loin derrière, le plus loin possible. Il n'y avait plus là de petite fille, mais un animal enragé. Je me voyais faire, comme si ça n'était pas tout à fait moi, ou bien comme s'il fallait à tout prix regarder, regarder cet être sauvage enterrer le poison, pour plus tard conserver dans la rétine le souvenir d'un geste important. C'était fini, les lettres, les espoirs déçus, les illusions stupides. C'était fini, mon père, il n'avait jamais existé.

Après cela, ma mère avait continué quelques mois à attendre, je la sentais tendue, nerveuse, partagée entre l'espoir et la consternation, et puis, tout à coup, d'un jour à l'autre, son regard s'était voilé. Il n'y a plus jamais eu de lettre. Ni à lui, ni à moi, ni à personne.

Quelle fut donc sa conclusion ? Que le courrier, cette fois, s'était perdu, ou bien qu'Albert, ayant enfin reçu sa lettre, avait refusé d'y répondre ? En tout cas, elle renonça définitivement à lui écrire. Dans la poubelle de la cuisine, j'avais retrouvé un matin, déchiré en deux, le petit paquet d'enveloppes vierges, bordées de rayures rouges et bleues.

Lorsque des années après elle avait fini par mourir tout entière, ma sœur et moi nous étions retrouvées dans l'appartement de la rue de la Petite-Quille. Nous n'avions pas grand-chose à nous dire. Nous avons trié, sans une parole entre nous. Je suppose qu'il fallait en passer par là. Nous avons contemplé toutes les deux les maigres affaires de Louise, son pauvre patrimoine. Il n'y avait rien là-dedans qui me revenait. Accroupie devant la vieille commode défoncée, j'avais serré les dents avant de laisser tomber dans un carton le paquet de lettres avec son ruban rouge.

J'avais tout laissé à Marie et pourtant, par hasard, dans la boîte à couture retrouvée dans la carriole, l'une de ces lettres m'était revenue, dormant sous les tristes portraits. Je l'avais presque oubliée, et c'était sans doute mieux comme ça. Qui sait, un jour, je la lirai peut-être.

Il y a longtemps, au début d'un mois d'août, Marie avait été punie, je ne sais plus pour quelle raison. Interdite de dessert. Interdite de plage. De copines. De glaces. Et pire que tout cela : obligée de moi.

«Tu restes avec Dominique, a dit ma mère. Tu prends l'air. Tu changes de crémerie.»

À seize ans, Marie avait été médusée d'une pareille cruauté.

«Avec *elle*? Mais qu'est-ce que tu veux que je fasse avec la zinzin? Ce n'est pas parce qu'elle n'a pas d'amis qu'il faut me la coller. Elle a huit ans. Elle est dingue et elle a la moitié de mon âge, maman!

–Vous irez vous promener, voilà. Dominique connaît toute la campagne. Ça te fera le plus grand bien de t'aérer. Prenez vos bicyclettes et fichez-moi le camp.»

C'était vrai, je la connaissais bien, la campagne. Elle me connaissait aussi. Mais elle n'était qu'à moi. Je ne la partageais pas. Je n'en avais jamais eu l'occasion, en vérité, ni même jamais l'idée.

Lorsque j'y repense aujourd'hui, la liberté dont je bénéficiais à l'époque était hors du commun. À huit ans, et même à six, je passais des journées entières seule, arpentant les dunes, la pinède, le bois, les bords de la rivière, les alentours de la ferme Dounier, les terrains vagues, les éboulis, les décharges sauvages, les prés. On m'aurait bandé les yeux puis abandonnée sur n'importe quel chemin, au creux de n'importe quel taillis, sur n'importe quel rocher dans un rayon de cinq kilomètres autour de la maison, si l'on m'avait donné ma petite bicyclette grise, j'aurais su rentrer sans hésiter une seule seconde. J'ignorais les noms des routes, des lieux-dits mais, comme à un animal sur son territoire, les chemins m'appartenaient. J'avais toutes les images, les odeurs dans les yeux, dans le nez, sous la peau. Le pin tordu, la grosse pierre blanchie, la prairie de brebis, le fumier chaud sous la bâche noire, le vieux piquet fendu, le buisson de prunelles. Et Grand Paradis. Autant de repères qui, longtemps, ont été tous ceux de ma vie.

Avec Marie, nous sommes parties à bicyclette, à contrecœur l'une et l'autre, quittant la ville par le nord. Moi aussi, je me sentais punie. Je l'ai laissée passer devant. Je la suivais, docile. Je ne voulais pas décider, parce que choisir un endroit parmi les miens, ç'aurait été le lui livrer, lui offrir un morceau de mon corps. Je ne voulais pas partager, je l'ai dit. Et puis j'avais peur qu'elle se moquât. C'est donc ici que j'allais tous les après-midi après l'école ? Et *ça*, ça, c'était mieux que la plage, mieux que le cinéma, les boutiques de Rochefort ? Ce vide ? Cette cambrousse de bouseux de merde ?

Nous avons déambulé une bonne heure autour de l'élevage de poulets. Je n'aimais pas trop ce coin-là. Il y avait trop de passage. Ça sentait mauvais. « Tu sens mauvais », m'a dit Marie, maussade. Je n'ai rien répondu, je ne voulais pas plus d'elle qu'elle ne voulait de moi.

Vers le milieu de l'après-midi, sa mine renfrognée avait pourtant peu à peu disparu sans qu'elle s'en soit aperçue. Nous avions laissé les vélos le long d'une grange et marchions au hasard. J'ai repris confiance. J'ai eu envie lui montrer le bord de la rivière, qui n'était plus très loin. Ma grande sœur avec moi, j'ai voulu tout regarder d'un œil neuf. L'eau, les aulnes, les peupliers, les reflets, les herbes et les odeurs. Tout cela, une nouvelle fois, m'a enchantée.

Le long de la rivière, Marie a aussitôt entrepris de jeter de grosses mottes de terre et d'herbe dans le courant placide. Je n'ai pas aimé ça, le bruit, ce rire qu'elle avait, son excitation immédiate. Je ne savais pas me lancer en avant comme elle, m'approprier les lieux en un clin d'œil avant même de les regarder. J'ai toujours eu besoin de temps pour observer, écouter, me couler dans le paysage avant d'entreprendre quoi que ce soit, même d'infime. Ce trait de caractère m'est resté. Je n'ai jamais été ce qu'on appelle *une rapide*. Mais ce jour-là, j'ai essayé, je n'ai pas voulu paraître à la traîne. J'ai envoyé quelques pierres dans le flot nonchalant. J'ai ri. J'ai sautillé. J'ai parlé fort comme elle, un peu trop fort. Ça sonnait faux, mais j'espérais que Marie ne le remarquerait pas.

Pendant ce temps, elle avait découvert sur la rive, le long des tiges d'un chardon desséché, une colonie de petits escargots ronds, à la carapace blanchie par le soleil et l'eau. L'un après l'autre, elle les a projetés dans la rivière. Juste ces petits plocs dans la campagne silencieuse, je n'entendais plus rien d'autre. J'ai essayé de protester, elle m'a dit « Qu'est-ce que t'as, c'est juste des escargots. »

Et à cause des escargots, à cause de moi, son humeur était en train de changer. Nous avons quitté la rivière. Nous nous sommes arrêtées au bord de la route qui menait vers la maison. Il faisait chaud, nous étions toutes les deux fatiguées de la paire bancale que nous formions cet après-midi-là. Nous avons cherché des mûres dans les haies, même si c'était un peu tôt dans la saison.

Et puis Marie a repris la parole. Il m'a semblé que quelque chose la turlupinait.

« Ça m'étonne pas que tu défendes les escargots. C'est normal. Puisque t'en es un. »

Je n'ai rien répondu. Ça recommençait, comme d'habitude. Elle me décochait des phrases, peut-être mieux que rien, des hameçons aiguisés, comme des ancres minuscules qu'elle aurait voulu lancer entre nous. Mais la plupart du temps, comme je ne réagissais pas, sa colère contre moi se faisait plus aiguë.

«T'as entendu?

– Oui, j'ai compris, je suis un escargot.

– J'aurais pu te jeter dans la flotte comme les autres. Tu dois aimer ça, je suis sûre, l'eau pleine de bestioles, de bouillasse.»

Comme je restais impassible, agacée elle a fini par lâcher le morceau.

«Et c'est pour ça que papa est parti, je voulais te le dire, alors voilà : parce que t'es exactement comme un escargot!»

Je suis restée muette, m'efforçant de garder un visage tranquille. J'ai feint de continuer à m'intéresser aux mûres, du regard et des mains. Je parlais très peu avec Marie. C'était la plupart du temps la meilleure solution.

«Et tu sais ce que ça a de spécial, un escargot?

– Non, ai-je soupiré pour en finir.

– D'être moche, déjà, mais surtout d'être à la fois mâle et femelle. Tu le savais? On n'a jamais voulu te le dire, mais t'es comme eux, comme les escargots. *Hermaphrodite*, ça s'appelle. Tu vois? Ça veut dire que quand tu es née, tu n'avais pas de trou comme les filles, juste une espèce de zizi tout bizarre et tout riquiqui, sans rien du tout pour pisser.»

Je l'ai regardée. Le jus de mûre trop rouge autour de sa bouche et sur ses doigts lui donnait un air à la fois inquiétant et ridicule. Je ne pouvais m'empêcher d'éprouver de la curiosité. Je voulais savoir la fin de l'histoire, elle l'a lu dans mes yeux.

«Maman n'a jamais pu te l'avouer, mais moi, je le sais

depuis le début. Papa me l'a dit. On a dû t'opérer juste après la naissance, te couper ta petite quéquette de monstre. Tous les jours, je m'en souviens très bien, on devait t'agrandir le trou que le médecin t'avait fait pour que tu ressembles à une vraie fille. On t'enfonçait un appareil spécial, un truc qui gonflait petit à petit à l'intérieur... C'était dégueulasse. Tu crois quoi ? Que les filles normales, elles restent seules dans les bois toute la journée, qu'elles construisent des cabanes, qu'elles parlent aux plantes et pas aux gens, qu'elles se coiffent jamais mais se couvrent plutôt la tête et les cheveux de terre ? Non. Je t'assure que non. Ça n'existe pas, des filles comme ça.

– Tais-toi.

– Et puis Dominique, c'est aussi un nom de garçon, évidemment. Alors c'est à cause de ça que papa est parti de la maison. Quand tu as eu quatre ans, tout le monde voyait que tu ne serais jamais une fille tout à fait normale. Et ça, c'est pas facile à supporter pour un père... Pour personne de la famille, c'est facile, d'ailleurs. »

Je suis partie en courant, sans pleurer, sans penser. J'ai essayé de rire, même, dans les hoquets des pas, mais ça n'a pas marché.

Le soir, ma mère m'a fait une réflexion parce que, soi-disant, j'avais abandonné Marie au milieu de nulle part. Tu parles. À peine à cinq minutes de chez nous. Je n'ai rien dit car ma sœur me fixait des yeux, son visage luisant de sueur comme si des centaines d'escargots avaient laissé sur elle leur trace argentée.

Bien sûr, je n'avais pas gobé son histoire. Pas vraiment. Mais j'étais petite, je n'avais que huit ans. Pendant plusieurs jours, j'avais malgré moi examiné mon corps d'une drôle de façon. Je n'y croyais pas, non, mais je n'ai pas osé raconter cette conversation à quiconque, surtout pas à ma mère, ma mère était fatiguée, ne me regardait pas, et cela me faisait un secret de plus à porter.

Il n'y a pas longtemps, je suis tombée par hasard sur un reportage à propos des intersexués. Dieu sait où Marie avait bien pu, quarante ans plus tôt, entendre parler de ça. Elle a toujours adoré les sujets dérangeants, les faits divers clinquants. À l'époque, c'était ainsi, *hermaphrodite*, qu'on appelait un intersexué : celui-celle qui, à la naissance, présente un sexe ambigu. On les appelle les intersexués, ou plutôt on ne les appelle pas du tout. Leur cas n'est pas rare, si j'en croyais le journaliste, et pourtant je n'en avais jamais entendu parler, pas de cette façon raisonnée, en tout cas.

Je suis aujourd'hui persuadée de ne jamais avoir été l'un ou l'une d'entre eux, mais, bien des années plus tard, j'avais timidement posé la question à ma gynécologue. Trouvait-elle mon sexe... ambigu ? Elle avait ouvert de grands yeux. Qui avait pu me mettre une chose pareille dans la tête ? Oh, personne, avais-je balbutié, les jambes ridiculement écartées devant sa figure, une perfidie d'enfant, rien de plus. Les enfants, avait rétorqué le médecin en enfonçant ses doigts gantés dans mon ventre, les enfants sont les êtres les plus méchants qui soient.

Pendant les quelques années qu'a duré le développement de ma puberté, je détaillais anxieusement mon corps, dont les seins, par exemple, semblaient ne jamais vouloir se déployer. De la poitrine, j'en avais bien sûr, seulement elle sommeillait à l'abri sous mes côtes, c'était l'explication que j'avais fini par trouver. Tout restait en dedans, mes seins, ma parole.

En tout cas, je regrettais presque que l'histoire ne fût qu'une invention. Si j'avais vraiment été un escargot, j'aurais en quelque sorte pu tenir Marie en respect.

Et puis il aurait existé une explication à l'écart, que je

sentais réel, entre les autres et moi. J'étais différente, c'était une chose indiscutable. Sans doute tous les enfants, à un moment de leur vie, se croient seuls de leur espèce. Pour moi, le moment s'était bien longuement étiré.

Je ne pouvais m'empêcher de me demander si cette étrangeté, sans être aussi spectaculaire que Marie me l'avait affirmé, n'avait pas bel et bien été ce qui avait chassé notre père de chez nous. Mais j'étais bien prétentieuse, de me sentir coupable de tous les malheurs.

De plus en plus souvent Mme Loris me considérait d'un drôle d'air. Il y avait de bonnes raisons à cela. Je ne saurais dire de quelle façon et pourquoi la découverte des photos de mon arrière-grand-mère m'avait tant bouleversée, mais, c'était certain, mon attitude et mon humeur générales en avaient été transformées. Pourtant, même aux pires moments de mon abattement, je n'ai pu déceler le moindre agacement dans le regard de mon employeuse. C'était autre chose. De la surprise, presque du chagrin.

Durant cette étrange semaine qui a précédé mon départ pour Paris, je ne me suis guère résolue à penser. Je ne me souviens pas d'avoir eu le moindre avis sur les choses ou les événements, et encore moins sur les personnes. Je regardais à peine les clients, maugréant quelques paroles incompréhensibles, souriant ou même ricanant un court instant pour, un peu trop tard, tenter de rattraper mes silences. Un léger malaise flottait par ma faute à la *Forge fleurie*. Même les delphiniums et les lupins blancs que Mme Loris rapportait de chez le grossiste ne réussissaient pas à éveiller mon intérêt.

Puis j'ai été envoyée là-bas.

D'habitude, Mme Loris se charge elle-même d'aller voir les clients, d'établir les devis et de diriger les chantiers. Fleurir une terrasse, réaménager un bout de jardin permettent d'apporter quelque ressource supplémentaire à sa petite entreprise. Cette fois-ci, mue par je ne sais quelle impulsion, elle prétexta des courses urgentes à faire, ou de la comptabilité en retard, je ne sais plus. Ça n'avait pas d'importance. Simplement, il fallait que j'y aille à sa place, que je prenne l'air.

Je me suis rendue à bicyclette jusqu'à la maison de cette cliente qui, la veille, avait téléphoné pour demander un devis. C'était un peu à l'écart de la ville, quelques kilomètres à l'intérieur des terres. Il faisait beau et tiède, il devait être six ou sept heures du soir, le moment où la lumière, au tout début du mois de mai, vire au jaune en adoucissant le regard. Les bas-côtés de la route étaient envahis de boutons d'or, de marguerites et de saxifrages, dans le foisonnement intense de la fin du printemps.

La maison était modeste et blanche, avec des persiennes de bois à la peinture écaillée. La propriétaire, une femme d'une soixantaine d'années, sans cesser de parler m'a aussitôt entraînée vers l'arrière. Nous avons contourné au pas de charge la série de minuscules bâtiments accolés au corps principal de la *propriété*, comme elle la désignait en roucoulant. Derrière, m'a-t-elle annoncé, se trouvait un terrain qui n'avait jamais été entretenu et qu'il allait falloir tondre, retourner et planter. J'ai répondu que la *Forge fleurie* s'assurait les services d'un excellent ouvrier horticole, efficace et rapide. Il s'agissait du neveu de Mme Loris, Stéphane, âgé de dix-neuf ans à peine, n'ayant pas la moindre qualification, mais qu'il fallait bien, disait sa tante, «sortir de l'ornière du rien faire».

Deux pies surprises se sont envolées avec fracas des sureaux le long du grillage. Le derrière rebondi de la cliente se dandinait devant moi au rythme rapide de ses petits pas. Elle discourait sans s'interrompre, je ne l'écoutais pas.

Elle a fait un geste du bras.

«Voilà, c'est ça.»

Nous nous sommes immobilisées. Devant nous s'étendait en pente douce un pré ensoleillé de presque un demi-hectare, dont les hautes herbes ondulaient avec langueur. En contrebas, j'ai deviné que passait la rivière ou, large seulement d'un mètre ou deux, l'un de ses nombreux affluents.

«Vous voyez, a dit la cliente avec un léger rire de gorge, ce sera beaucoup mieux avec quelques parterres, ici, un sur la gauche, là, un autre en longueur, de ce côté-ci, je me disais, quelques conifères, c'est gai toute l'année, les conifères, et qu'est-ce que vous en pensez, un chemin dallé en zigzag de là à là, et pourquoi pas même un petit bassin rond ou ovale, avec un nénuphar ou deux?… »

Il était devenu tout simplement impossible de continuer à entendre sa voix. Je me suis avancée dans le pré, suivant mon ombre agrandie devant moi. Un oiseau pâle a jailli des herbes quelques mètres plus loin. Des marguerites çà et là. Il y avait l'odeur. La même. Presque la même odeur qu'à Grand Paradis. Et le souffle amolli de l'air et de la lumière mêlés. Il y avait les insectes. Et les herbes, encore, dont le mouvement se prolongeait en moi.

La femme, sans que je m'en sois aperçue, m'avait rejointe et se tenait juste dans mon dos.

«… des bégonias?» a-t-elle continué.

Je ne sais pas ce qui m'a pris à l'annonce de ce mot. Des *bégonias*. J'ai eu envie de me retourner, je la devinais juste là, j'ai pensé la frapper, partez d'ici, allez-vous-en, j'ai voulu l'insulter, cet endroit n'est pas à vous, la poursuivre en vociférant, hurlant des injures sans suite. Que faisait-elle, là, tapie juste derrière moi ? Pour qui se prenait-elle ? Je ne voulais pas partager, maintenant moins que jamais je ne voulais partager.

Je l'aurais mise dans un grand sac et coulée au fond du ruisseau, que pour l'occasion je souhaitais profond et remué de boue. Je lui aurais collé ma main sur la bouche pour la faire taire, elle m'aurait taché la peau de son rouge à lèvres violet. Les *conifères*, ça n'est pas gai toute l'année. C'est triste. J'aurais voulu qu'elle disparaisse.

Mais j'ai dû avoir peur du bruit que tout ce que j'avais imaginé lui faire subir aurait pu provoquer. À moins que je n'aie réussi à me maîtriser. J'ai murmuré en faisant pivoter à peine mon visage vers elle, surtout, surtout ne pas la regarder, « Attendez ici, il faut que je voie. »

J'ai fait quelques pas vers le milieu du pré. Cette fois la cliente ne m'a pas suivie, elle est restée à sa place, sans doute surprise par l'intonation égarée de ma voix. Je me suis penchée pour sentir au bout de mes doigts les épis effilés des hautes herbes, dont certains étaient déjà à moitié desséchés. Il y avait là l'annonce d'un plaisir physique, d'un vertige sexuel à me trouver baignée dans cet air, cette lumière, cette odeur vivante. À ce moment, avec une étonnante netteté, est revenue à ma mémoire l'une des phrases que Marie avait prononcées dans la boutique l'autre fois. « Tu ne t'intéresses qu'à ce qui est anormal. »

Elle avait raison. N'était-ce pas pour le moins singulier d'être saisie de cette manière par le treillis des herbes, sous ce soleil qui me tournait la tête ? Je ne réagis jamais de façon normale.

Pourtant, allons, je n'étais plus une enfant, cette enfant sauvage qui parlait toute seule à Grand Paradis ! Il fallait me reprendre. J'étais venue ici dans le cadre de mon travail. Je devais faire ce qu'on demandait, si absurde que cela me parût. J'ai senti des larmes me monter aux yeux.

La cliente ne comprenait pas. Avait-elle vu les paysages des haies, respiré le nez dans les foins ? Il fallait qu'elle parte, qu'elle se taise. De nouvelles larmes chaudes sont apparues, puis ont coulé sur moi, j'étais ridicule, mais depuis toujours j'appartenais à ce pré. J'ai failli tomber dans l'herbe, j'aurais voulu me laisser faire, laisser le tournis me prendre.

« Des *thuyas* ? » a-t-elle tout à coup crié d'une voix puissante.

Bizarrement, lorsque je me suis retournée vers elle, j'ai constaté qu'elle n'avait pas bougé. Elle se tenait toujours droite, le corps légèrement déporté, comme empêchée d'aller plus avant par une invisible barrière. Son corps aux jambes serrées avait la forme et la couleur d'une aubergine. Malgré le vent léger, j'ai remarqué qu'aucun de ses cheveux ne tremblait. Je suis revenue sur mes pas. J'ignorais ce que je m'apprêtais à faire, de quelle façon il fallait agir.

« Des thuyas, non, là-bas ? Vers l'eau ? Et *là*... ? » Elle fit un large geste du bras. « Là, une pelouse bien verte et tondue, avec, j'aimerais bien, quelques rosiers, des rouges ou des orange, à grosses fleurs, une bande par ici. »

J'allais faire une bêtise, je me suis écartée en silence, je l'ai largement contournée, mes mouvements s'accéléraient soudain. Je me suis enfuie, la laissant interdite. Elle a fini, je crois, par laisser échapper quelques mots, je n'ai pas compris lesquels. J'avais disparu déjà. J'étais ailleurs, même pas sur ma bicyclette, c'était au-dessus de mes forces de m'y jucher, je n'avais plus de stabilité, ne sachant plus coordonner quoi que ce soit, ni mes pensées, ni même mon corps.

Aujourd'hui, je ne sais toujours pas avec clarté ce qui m'est arrivé, je ne me souviens presque de rien. Une sorte de vacance. La cliente enfin remise de sa surprise a dû courir pour me rattraper, quelque chose d'elle flottant devant la maison, quelque chose d'une aubergine, mais j'étais déjà loin.

Nul n'aurait su me trouver, car à cette minute je m'étais évanouie entre deux épaisseurs d'air.

Pendant la plus grande partie de mon enfance m'avait taraudée la crainte de ma propre démence. Comment être certaine qu'elle n'était pas là, tapie en moi, encore endormie étant donné mon jeune âge – car alors j'imaginais que les fous ne pouvaient être qu'adultes –, mais attendant son heure ?

Quelle autre petite fille d'à peine six ans aurait parcouru sans escorte tous ces kilomètres si loin de chez elle, d'abord à pied, parfois pieds nus, puis étendant son territoire sur cette microscopique bicyclette d'occasion ? Refusant de répondre aux étrangers, ces promeneurs aimables qui s'inquiétaient de me voir isolée, ne les percevant même pas, je suivais de mon train décidé un chemin qu'ils ne pouvaient imaginer.

Quelquefois, au risque de rester bloquée de l'autre côté, je m'engageais seule sur la passe. Longue d'un kilomètre, née de la friction de deux courants, la rivière et l'océan, la passe rocailleuse menait à marée basse vers une île. Sous les roues de ma bicyclette grise, la pierraille fusait, me blessant les chevilles jusqu'au sang. Je filais, ébahie d'air et d'horizon.

Sur l'île, rien ne m'attirait véritablement, hormis le souffle des oiseaux et celui des vagues, l'isolement magnifique et l'objectif périlleux que l'endroit constituait en lui-même. À peine arrivée, le plus souvent je faisais demi-tour. L'œil plein et la tête vide, je reprenais la route.

Un jour, pourtant, sur les rochers j'avais aperçu une silhouette. Une femme en robe blanche, debout, face aux vagues, qui apostrophait l'horizon avec de grands gestes. Elle parlait à voix haute, dans le vent ses longs cheveux se déployaient avec sauvagerie. Elle laissait, par moments, des sanglots énormes traverser son corps vacillant sous les rafales. Quelquefois elle riait. Recroquevillée contre le roc, je l'avais longuement observée. La mer, devant elle. L'écume salée et froide. Le ciel sans couleur. Était-ce cela qui me menaçait ? Allais-je peu à peu me muer en cette créature malade ?

Contre mon rocher, j'avais pensé à Marie. Si elle avait été là, ma sœur se serait approchée de la folle. Sans peur. Narquoise. Elle lui aurait parlé. *Qu'est-ce que vous avez, madame la zinzin ? Il n'y a personne dans la mer, vous savez.* Ou bien, ou bien : elle lui aurait lancé une pierre dans le dos, avant de s'enfuir en gloussant. Mais pas une seule seconde elle ne se serait imaginé : *me voilà, moi, Marie. Cette femme devant la mer est mon chagrin, mon incapacité à devenir humaine.*

Pendant plusieurs semaines, j'étais retournée sur l'île après mes journées d'école, espérant l'apparition. Mais plus jamais elle ne s'était montrée.

Je croyais l'avoir oubliée, la dame blanche des rochers.

« À quoi ça sert, ce que tu fais ? » m'avait maintes fois demandé Marie, à qui quelqu'un, une fois de plus, avait dû rapporter qu'il m'avait aperçue aux abords de l'île alors que la marée était sur le point de tout réenvahir. Quelle volonté pousserait à affronter sans profit de semblables périls, sinon celle d'une démente ? À mon âge ? Et sans témoin choisi ? Car il ne s'agissait guère d'impressionner qui que ce soit, ma sœur le comprenait bien, et ç'aurait été pour elle la seule motivation valable.

Même si Marie trouvait plaisir à me déstabiliser, elle n'a jamais cherché à me dénoncer. Notre mère, de toute manière, ne semblait guère s'inquiéter de ce que ses filles pouvaient bien faire en dehors de chez elle. Non. C'était autre chose. Ma sœur s'interrogeait sincèrement. Elle ignorait sans doute les raisons de mon attitude, mais en avait rapidement tiré ses conclusions.

« Dominique ? disait-elle à qui voulait l'entendre. Elle est frappée, cinglée, givrée, piquée, gogol, siphonnée, zinzin. »

Elle avait peut-être raison. Mais pour tout apaisement, je n'avais que cela. La solitude et les herbes, mon Grand Paradis rongé de lichen jaune, aux abords bourdonnant du bois.

Je me demande aujourd'hui si ce après quoi je courais, sur ma bicyclette fusante, sur les chemins, dans le silence bruissant de la campagne, je me demande si ce que je cherchais alors ne se trouve pas, aujourd'hui, tout entier dans la photo de la Petite Moi. Je devine quelque chose, une magie souterraine et noire se cache parfois derrière les petites filles pâles.

Dans la bibliothèque Charcot, j'ai la gorge serrée, j'ai soif. Parvenue, dans ce tome 1889, au chapitre « De la superposition des troubles, de la sensibilité des spasmes de la face et du cou chez les hystériques », je descends un instant au rez-de-chaussée boire quelques gorgées d'eau tiède au robinet des toilettes publiques. Dehors les oiseaux sifflent toujours, le vent s'est levé sans parvenir à les déloger. Je frotte ma figure de mes deux mains mouillées, puis remonte m'installer à la table.

Ma tension a réussi à se relâcher un peu, lorsque, aussitôt après avoir repris ma lecture, je me retrouve nez à nez avec un visage et un corps qui ne me sont pas inconnus. Sous mes yeux, ce sous-titre qui tant de fois, la nuit comme le jour, m'a réveillée en sursaut :

Blépharospasme hystérique

Il ne s'agit pourtant pas de Léontine, non, toujours pas, mais de la jeune femme dont on vend le poster sur Internet. Je me souviens parfaitement d'elle, son attitude, sa silhouette : chignon, robe noire austère, tête penchée presque extatique, yeux uniformément clos.

Jeanne A.

Son histoire, il me faut bien la lire. C'est aussi pour elle que je suis venue jusqu'ici.

Jeanne a vingt ans. Elle a vingt ans et, si elle n'est pas belle, elle est gracieuse, elle est même jolie. Un matin, lorsqu'elle se réveille, elle constate que l'une de ses jambes demeure, sans raison apparente, raide comme un morceau de bois. Ce jour-là, mais elle ne le sait pas encore, débute une période de quatre années pendant lesquelles elle sera condamnée à rester alitée.

Le plus léger frôlement de sa peau, précise le rapport de la Salpêtrière, est alors pour Jeanne A. une intolérable souffrance.

Au bout de trois ans, on essaie de la mettre debout. On lui donne des béquilles. On l'appareille d'un mécanisme à extension continue, et le talon de son pied gauche, contracturé à l'extrême, finit par arriver à toucher la terre.

Je ne peux chasser le sentiment idiot et immédiat que, peut-être, Jeanne cherchait autre chose. S'envoler… Juste un tout petit peu. Pas vraiment voler, pas vraiment la mouche, ni tout à fait le ciel, le moineau. Mais ne plus toucher terre.

Un jour que son frère, auquel elle est très attachée, refuse de lui dire bonjour, Jeanne entre en crise : hoquet violent, gonflements atroces du ventre, vomissements incoercibles. Pendant les deux mois qui suivent, elle est victime d'hallucinations, de délire, ses cheveux tombent par plaques entières. Puis voilà qu'elle ne peut plus ouvrir les yeux, tant la lumière lui est insupportable.

J'examine sa photo de longues minutes. Où donc est le Grand Paradis de Jeanne, cet endroit où le sol, où la gravité, la douleur, ne sont plus que des mots sans relief?

M. Carrel, externe de la salle Duchenne-de-Boulogne à la

Salpêtrière, indique, avec ce que j'interprète comme de la compassion, qu'on l'a revêtue pour soigner sa déformation de la hanche et son torticolis intermittent d'une véritable cuirasse comprenant une minerve, un corset avec attelles de fer, un appareil à coxalgie et un appareil à extension du pied. Elle se couche tous les soirs ainsi armée de pied en cap pendant deux ans et demi.

Il n'y a peut-être pas de Grand Paradis pour Jeanne. Qu'elle reste donc seule, là, dans le noir, avec son corps, avec ses démons.

Et puis, fermant les yeux, elle m'apparaît soudain dans la semi-obscurité sans bruit, étendue sur le lit : sur ce gros drap de lin crayeux, j'aperçois son corps parcouru de marbrures, minusculement hérissé de duvet, sa peau dont surgit la pâleur entre les pièces terribles de la cuirasse. Cuir. Tissu. Métal de torture. J'approche ma main de sa jambe en tétanie, et puis je reste là, à quelques millimètres à peine, devinant sa petite chaleur, la canopée de sa peau. Jeanne n'ouvre pas les yeux, elle garde la tête renversée, posée sur l'oreiller. Auréolé de ses cheveux maigres, son pauvre crâne laiteux est comme celui d'un vieil enfant, d'un cadavre d'oiseau. Je ne sais que faire, ma main ne sait comment l'approcher. Il y a, collée à son corps comme une suée, la douleur qui me fait peur. Je retire ma main. Je crois que Jeanne a laissé échapper un soupir. Elle n'a pas soulevé les paupières, je ne comprends pas pourquoi, il y a si peu de clarté, et je sais bien qu'elle ne dort pas.

Il faut reprendre ma lecture.

Assaillie de douleurs, la jeune femme se résout à consulter un médecin à Paris. D'où débute son voyage vers la capitale, on ne le dit pas. Mais il lui faut un docteur. Un de Paris. Un vrai. Pourtant, déplore Carrel dans son compte rendu, celui-ci ne trouve rien de mieux à faire que de lui sectionner les nerfs sus-orbitaires. Des deux côtés.

*Sectionner des nerfs ?* Je touche mon front. Où se trouvent-ils, ces nerfs sus-orbitaires ? Mon épiderme me semble plaqué directement sur l'os. J'imagine les longs nerfs blancs de la viande tendus à l'intérieur de la boîte crânienne, tout au fond des orbites, tendus et torsadés comme des fils électriques grésillants. Que ressent-on lorsque d'un coup sec on vous tranche un nerf ?

Malgré le geste irrévocable du médecin (il s'est *trompé*, affirme Carrel, il s'est trompé de diagnostic !...), le mal est toujours vivant, creusant en Jeanne son sillon. Alors, enfin, au mois de juin 1888, elle est admise à la Salpêtrière. Avec ses deux yeux fermés. Avec sa cuirasse.

Qui l'emmène ? Qui dirige son pas ? Sa mère ? Son frère ? Son fiancé ? Peut-on même imaginer un homme se glisser là, ne serait-ce qu'en imagination, dans une vie de cuirassée ?

Contrairement aux épileptiques que Charcot, le premier, eut l'intuition de séparer des hystériques, contrairement à V. qui est un imbécile, à Marie H. sur laquelle on a tiré une balle, Jeanne est victime de troubles dont l'origine reste mystérieuse. Ni demeurée, ni épileptique donc, ni accidentée, ni rhumatisante, elle est *hystérique*. Se déploie en elle, sans qu'on puisse déterminer de cause physiologique apparente, une avalanche de symptômes : elle n'est qu'un corps qui met en scène son hurlement en se châtiant lui-même. Ça n'a rien à voir avec l'hystérique du vocabulaire moderne, qui expulse, exhibe, exagère, mais n'est pas punie dans sa chair. Que sont-elles devenues, aujourd'hui, ces malades de l'utérus ? Cette pathologie a-t-elle purement et simplement disparu, ou bien, scindée en de multiples sous-catégories, a-t-elle été renommée par les médecins du XXe siècle, pour perdre ensuite presque tout son sens dans le parler populaire ?

J'ignore comment répondre à ces questions. Je n'ai pas

été plus avancée en parcourant, la veille au soir, les ouvrages érudits que j'ai pu collecter çà et là, car après tout je ne veux pas de la vérité, ni celle de la médecine, ni celle de l'Histoire avec une majuscule. Je ne suis pas totalement dupe. La vie de la Petite Moi, telle que je suis, je l'espère, sur le point de la découvrir, n'aura pas grand-chose à voir avec la réalité de ce qu'elle a vécu, il y a plus d'un siècle. Et ça m'est égal.

Cet après-midi-là à Grand Paradis, la Petite Moi m'avait demandé de la sortir des limbes, pas de trouver la vérité. Même celle de ma propre vie, je ne la connais pas.

Jeanne n'est pas Léontine, bien sûr, mais, à cause du blépharospasme, du chignon flou, de l'incongrue placidité commune aux deux visages, je me dis que les jeunes femmes ont pu se croiser, se parler dans un couloir en attendant de subir les mêmes traitements, en attendant le soir.

Peut-être leurs lits sont-ils voisins dans le dortoir, peut-être s'y endorment-elles un peu rassurées par la présence de l'autre.

«Tu dors, Jeanne, tu dors ?»

Léontine est la seule à ne pas lui demander d'ouvrir les paupières. Elle sait quelles sont les choses que Jeanne ne veut pas voir.

«Et toi, tu dors, Léontine ?»

Elles se sont rencontrées. Rien ne m'autorise à le penser, mais dans une lueur d'apparition les images se bousculent.

Tout est vrai.

Aujourd'hui 15 décembre 1888, la malade qui depuis sept ans était contracturée [...] peut aller et venir sans canne. La contracture du gros orteil gauche a cédé ; le talon touche presque la terre.

Touche presque la terre.

Mais pas tout à fait.

Dieu sait si, lorsque je l'avais découverte sur l'écran de la bibliothèque de ma ville, la photographie de Jeanne m'avait bouleversée. Mais c'est la combinaison des deux, l'image et les mots, leur juxtaposition, qui me perce aujourd'hui le ventre. La planche XIX la représente donc en robe noire à col officier, boutonnée de haut en bas, les bras légèrement écartés du buste, la tête inclinée, les paupières fermées. Ce qui me semble un lorgnon est suspendu autour de son cou au bout d'un long cordon. Parvient-elle à y voir malgré son aversion de la lumière et ses nerfs coupés au rasoir ?

Blépharospasme hystérique
(section des nerfs sus-orbitaires)

À suivre, note Gilles de La Tourette en manière de conclusion.

Sous le frôlement de mon regard, je remarque que le visage photographié de Jeanne évolue doucement. De la contrainte, de la souffrance même, il se mue peu à peu en une expression d'une douceur fragile. Il y a chez elle cette sorte d'élan, de pureté et de grâce que rien dans son histoire ne saurait expliquer.

Oui, je la connais, la reconnais, Jeanne sans sa cuirasse. Elle est là, sur la page, à quelques centimètres de moi. Et soudain, à force de me perdre en elle, je finis par distinguer, presque sans le vouloir, deux filaments à peine perceptibles au-dessus de ses sourcils : les cicatrices de ses nerfs tranchés. Elles ne m'étaient pas apparues la première fois sur l'écran, comment aurais-je pu les remarquer, et maintenant, penchée sur elle, presque au bord, je comprends que Jeanne, sans ouvrir les yeux, sort un instant de son obscurité.

Ses gestes sont doux, et lents. Elle me fait signe d'avancer vers elle, de presque poser ma joue contre le papier de son corps. Sa voix est à son image, brune, chaste, légère, cahotante. C'est celle d'une femme morte depuis plus de cent ans, elle a la vigueur enrouée d'une fragile mécanique rouillée. Elle annonce quelque chose, avec ses mots noyés. Il me semble trouver dans son chuchotement une sorte de promesse. Tout au bout, dit-elle en substance, une lueur, un voile, une fenêtre, je ne comprends pas tout, c'est un flot si mince, mais je veux la croire, tout au bout il y aura, révélée, comme la trace ancienne d'une morsure. J'ignore de quoi, de qui elle parle, d'elle, de moi, et tandis qu'elle s'immobilise de nouveau sur la page et que le murmure s'évanouit, je sais que ça n'a pas du tout d'importance. Je la crois.

«Écoutez, Dominique», m'a déclaré calmement Mme Loris lorsque je me suis présentée à la *Forge fleurie* le lendemain qui suivit l'épisode du pré.

*Écoutez, Dominique.* Je ne sais pourquoi, Mme Loris n'a jamais pu se résoudre au tutoiement.

«Dominique, pouvez-vous me passer le raphia?»

«Elle est nouvelle, votre jupe?» (Non, elle ne l'était pas, jamais je n'avais de nouvelle jupe.)

«C'est couru, Dominique, vos iris de jardin, ils vont encore me rester sur les bras.»

*Mais quelle mouche vous a piquée, hier?* s'apprêtait-elle sans doute à me demander ce matin-là. Avais-je perdu la tête?

Si elle avait pu, elle m'aurait fait asseoir en face d'elle pour me parler plus tranquillement. Mais nous n'avions qu'une seule chaise à la *Forge fleurie*, une affreuse et inconfortable chaise en métal gris qui se trouvait dans le petit bureau, et Mme Loris, l'air embarrassé, était assise dessus. Elle ne savait comment commencer.

«Écoutez, Dominique.»

Je l'ai écoutée.

Elle m'a proposé quinze jours de vacances. Proposé n'est pas le mot. Elle m'a assuré que j'en avais besoin. Elle a tenu à m'en persuader. Son sourire était triste. Elle n'a pas soufflé mot de ce que la cliente avait dû déverser au téléphone, sans doute à la minute même où je m'étais désintégrée sur la route devant sa maison. Je voyais la bouche violette, déformée par l'indignation, s'ouvrir et se refermer avec rage.

J'aurais aimé savoir ce qui allait arriver à ce pré, mais, cette fois, j'ai su ravaler les bégonias et les thuyas. Même le bassin aux nénuphars est descendu sans bruit le long de ma gorge.

J'allais aider Mme Loris à faire le jour même l'inventaire des «objets de décoration», comme nous l'avions prévu, et puis je m'en irais. Voilà. Pourquoi ne quitterais-je pas carrément les environs? Je ne prenais pas assez de vacances. Un peu d'air quelques jours, ça me ferait du bien. Ça vaudrait mieux pour tout le monde, a-t-elle conclu avec un sourire contraint.

Je savais que la période n'était pas idéale pour un congé. Tout à coup, en mai, la ville commence à se remplir de vacanciers, et les plantations vont encore bon train dans les jardins alentour. Ces deux prochaines semaines seule à la boutique promettaient d'être bien fatigantes pour elle.

D'un geste maternel, elle a posé une main aux ongles vernis sur mon bras, sa pauvre main minuscule et rougie de manipuler sans fin les tiges pourrissantes. Elle me mettait dehors. Son sourire était sombre sur ses lèvres mordillées.

Je ne me sentais pas fière en rentrant chez moi. J'ai même imaginé faire un crochet jusqu'à la maison de la cliente pour m'excuser, inventer je ne sais quoi pour expliquer mon attitude, mais je n'ai pas eu le courage. Que raconter à cette femme stupide, d'ailleurs? Je n'ai rien à dire aux aubergines.

Et puis, à proximité du pré, dans ce périmètre de nouveau envahi par l'odeur et par la lumière, j'étais loin d'être certaine que ma lubie ne me reprendrait pas.

Je suis rentrée en pressant le pas. Fragile, sur le carrelage de la cuisine, vomissait paisiblement lorsque j'ai ouvert la porte.

Je ne savais pas trop quoi faire de toutes ces journées vides qui, soudainement, béaient devant moi. Il fallait dormir, le lendemain tout irait déjà mieux. J'ai fait bouffer l'édredon et les oreillers, me suis allongée confortablement sur le lit. J'ai mis un peu de musique, Fragile est arrivé vers moi avec un air piteux qui me convenait, il s'est installé pour débuter à mes côtés une toilette hasardeuse. Entre nous deux, j'ai disposé les trois portraits de Léontine sur le tissu blanc de mes draps et me suis laissée aller en arrière.

Jusqu'au milieu de mon adolescence, j'ai passé une grande partie de mes dimanches après-midi dans la cuisine de ma grand-mère Marthe. Je n'ai jamais compris pourquoi ma mère et moi – Marie l'appelait *elle* – jugions bon de préciser son prénom, puisque nous n'avions pas connu d'autre grand-mère que celle-ci, mais c'était ainsi.

Ma grand-mère Marthe habitait un peu à l'écart de la ville. Sa maison, quoique modeste, avait dû jadis être assez agréable. Sur la façade jaune, de vieux rosiers grimpants 'Mme Meilland' avaient pris des proportions impressionnantes. Je les aimais bien, ces roses. Elles sentaient bon, elles étaient bienveillantes. Chez nous, c'était un petit trois-pièces sans chichis. Sans chichis et sans fleurs. Linoléum. Moquette marron. Couvre-lits en chenille.

J'accompagnais ma mère chez Marthe Lenoir presque chaque semaine, surtout à la mauvaise saison, lorsque l'appel de la campagne se faisait moins violent. Nous faisions, elle et moi, tout le chemin à pied jusqu'à la maison aux rosiers jaunes, malgré la pluie, malgré le froid et le vent de mer qui s'engouffrait en rafales glacées dans les rues et dans nos cheveux. Pourquoi ma mère éprouvait-elle le besoin de venir chaque dimanche s'enfermer dans la cuisine obscure de sa belle-mère ? En ce temps-là, curieusement, je ne me posais pas la question. C'était la vie. C'était la sienne, celle de ma mère, et je n'y étais qu'une présence flottante, à peine perceptible.

Ces dimanches-là, je passais trois bonnes heures silencieuses dans la pièce sombre et tiède, à boire du sirop. Les deux femmes sirotaient je ne sais quel alcool douceâtre, du porto peut-être, parfois du café au lait accompagné de quelques cigarettes. Elles parlaient peu. Les mots jaillissaient d'elles comme des lièvres de leur terrier, puis s'évanouissaient, retombaient en fine poussière dans la cuisine, comme s'ils n'avaient jamais existé.

Marthe Lenoir, tout le monde le disait, avait été très belle autrefois. Bien que les traits de son visage se fussent inexorablement affaissés, à quatre-vingts ans, elle l'était encore, belle, très belle, d'une certaine façon. Elle ne ressemblait pas à ma mère, ni à nulle autre femme de ma connaissance. Même si à l'époque elle se déplaçait avec difficulté, car son arthrose la faisait souffrir, elle s'appliquait à n'en jamais rien laisser paraître. Dimanche après dimanche, elle arborait différentes paires d'élégantes sandales à talons qui découvraient ses longs doigts de pied aux ongles vernis. Elle se parfumait à la violette ou au muguet, se teignait les cheveux, du moins ceux qu'elle pouvait voir dans sa glace, se fardait chaque jour, une nouvelle couche de maquillage recouvrant celle de la veille, plus ou moins effacée par sa taie d'oreiller. Du rouge à lèvres rouge, un trait d'eye-liner maladroit et du rimmel noir, parfois bleu. Ma grand-mère avait un peu l'allure d'une vieille Américaine déchue.

Parfois, je m'en souviens, lorsqu'elle ouvrait la porte de sa maison jaune elle se tenait devant ma mère et moi sans dire un mot, majestueuse, vêtue d'une combinaison presque transparente à manches courtes et bouffantes – elle appelait ça un *déshabillé*, et ça me mettait mal à l'aise, ce mot, pourquoi se déshabiller devant nous, je ne comprenais pas. Elle nous souriait et, sur le perron, jouissait de notre immobilité embarrassée, ouvrait ses mains aux ongles rouges, nous lançait, impériale, « C'est vous ? », presque surprise, étonnée de notre présence. Qui d'autre pourtant venait jamais voir ma grand-mère Marthe dans sa maison jaune ?

Je me sentais troublée par ses apparitions, confusément impressionnée par son effronterie qui laissait deviner ses courbes amollies, surprendre la peau nue et rousse de son décolleté, de ses mollets, celle de ses bras, piquetée de taches plus foncées.

Sa peau me fascinait, même si je n'ai jamais osé la toucher. Je l'imaginais fine et d'une douceur presque insupportable. J'aimais l'aspect douloureux de ses vieilles mains, qu'elle entretenait avec une gaucherie touchante, ses jambes veloutées, rondes et lisses, comme si son œdème n'était là que pour en tendre, en rajeunir la peau glabre aux chevilles. J'aimais ses fanons tremblants, misérables et soyeux. Je *n'aimais pas* ma grand-mère, je n'osais pas, mais je chérissais son corps que personne ne regardait plus.

D'autres fois elle nous recevait en bigoudis, la tête recouverte d'un foulard de mousseline colorée. Sur le devant, les rouleaux étaient parfaitement alignés, mais à l'arrière, près de la nuque, ça ne ressemblait plus à rien, le régiment de bigoudis roses s'était égaillé sans qu'elle s'en soit aperçue. J'adorais voir l'arrière magnifique de son crâne, où les cheveux rebelles, mal teints, mal coiffés, semblaient me dévoiler la face tendre et désarmée d'une femme qui parlait peu et ne souriait jamais.

De toute sa vie, ma grand-mère ne m'a pas adressé vingt phrases, et encore étaient-elles le plus souvent exclusivement liées à la circonstance. Mais elle ne m'était pas hostile. Un Noël, elle m'avait même offert ce livre vert sur les plantes, celui qui m'avait passionnée pendant des années avant d'atterrir dans la carriole de Marie.

Marthe était une créature songeuse, perdue dans un passé dont je ne faisais pas partie. Selon ma mère, elle avait été bien différente, du temps où son fils vivait encore non loin d'elle. Elle était gaie. Active. Bavarde. Elle avait tout d'abord travaillé dans une boutique de vêtements pour dames à Rochefort, puis dans un bureau de tabac-presse d'ici, plus proche de chez elle. Celui-là même dans lequel, aujourd'hui, je vais quotidiennement chercher mon journal, au bout de l'allée Albertine. C'était là qu'elle se rendait chaque jour, toute pimpante.

Elle était, paraît-il, une sorte de vedette. Les gens venaient dans la boutique rien que pour discuter avec ma grand-mère Marthe, et entendre son rire. Tout droit sorti des chutes du Niagara, ce rire était connu dans toute la ville. J'avais du mal à l'imaginer. Je ne connaissais pas son rire. Que lui était-il arrivé ? Ma mère ne m'a rien expliqué à ce sujet, et je n'ai pas réussi à comprendre toute seule.

Mes grands-parents maternels étaient morts depuis longtemps. Pour ancêtre, il ne nous restait plus, à nous femme et filles Lenoir, que cette vieille dame mélancolique que le monde avait aussi désertée. Car, pas plus que ma mère, je le voyais bien, Marthe ne recevait de nouvelles d'Amérique. Alors chaque dimanche s'établissait entre elles un début de conversation impatiente qui, peu à peu, s'engluait avant de s'éteindre complètement. Elles finissaient par rester assises sans rien dire, chacune dans son vieux fauteuil recouvert d'un tissu fleuri de grosses pivoines ternies. Elles ne se faisaient pas tout à fait face, et le silence n'était troublé que lorsque l'une ou l'autre lapait une petite gorgée du verre qu'elles tenaient dans la main sans jamais le poser. Ma mère s'efforçait, je le sentais, de faire durer le sien le plus longtemps possible. Quel sens avaient ces entrevues ?

À l'époque, je l'ignorais, tout me paraissait normal. J'aimais simplement que ces femmes, au contraire de toutes celles que je pouvais connaître, ne soient pas effrayées par le silence.

Parfois, je les surprenais à s'épier du coin de l'œil. Mais, j'en étais certaine, il n'y avait pas entre elles de véritable inimité. Cette autre femme, immobile dans le fauteuil, et la petite qui s'arrachait les yeux à essayer – ou à faire semblant – de lire à la table voisine, c'était tout ce qui leur restait d'un homme que ni l'une ni l'autre ne parvenait à oublier.

L'atmosphère était étrange, et elle me plaisait telle qu'elle était, électrique, immuable et à travers laquelle je passais, transparente. J'apportais un livre ou un cahier, je le posais sur la nappe en toile cirée à côté de ma menthe à l'eau et m'absorbais dans ma lecture sans paraître me préoccuper du reste. Parfois, en plein hiver, il faisait trop sombre à trois heures de l'après-midi pour lire, ma grand-mère n'allumant la lumière qu'en dernière extrémité. Peut-être par économie, mais je ne le crois pas. Elle jugeait sans doute qu'il n'y avait rien d'intéressant à voir. Et lorsqu'elle cédait, Dieu sait pourquoi car ni ma mère ni moi ne lui demandions jamais rien, elle se contentait d'une petite lampe à abat-jour rouge dans le fond de la pièce, qui n'éclairait pas grand-chose mais créait une ambiance presque douillette. Je n'articulais pas un son, je feignais de lire, et c'était aussi bien. Avec lenteur, je pensais mollement. J'existais vaguement.

Cette cuisine était obscure, vaste et bien rangée, elle servait aussi de salon et de salle à manger. Ma grand-mère y passait la plus grande partie de la journée. Bien que sa maison regorgeât de petits objets décoratifs qui ne me plaisaient guère, parce que je n'en comprenais pas le sens, c'était bien plus ordonné que chez nous. Chez nous, on ne se préoccupait pas beaucoup du ménage. Ma mère était seule pour nous élever, seule pour payer, seule pour surveiller, laver, ranger, souvent seule pour parler. Et, le dimanche, elle partait à pied avec sa fille cadette, la sauvage, jusqu'à la sortie de la ville, chez cette belle-mère qui lui adressait à peine la parole.

Marthe ne m'a jamais accordé beaucoup d'attention, je l'ai dit, ni encore moins témoigné ouvertement d'affection, mais, c'était officiel, ne pouvait supporter Marie. C'était sûrement, en grande partie, l'ostracisme obscur dont ma sœur était l'objet qui, je l'avoue, m'attirait là-bas, dans la maison jaune. De toute façon, pour rien au monde elle ne nous aurait accompagnées. Le week-end, elle avait d'autres occupations et affichait pour ces visites un hostile mépris. Pourtant, malgré le dédain qu'elle affichait, elle ne pouvait s'empêcher d'éprouver de la curiosité, et même, parfois, de la jalousie.

« Qu'est-ce que vous fichez chez *elle*, à la fin ? me demandait-elle de temps en temps le dimanche soir, l'œil faussement indifférent.

– Nous parlons, lui répondais-je invariablement, après avoir marqué un silence que j'espérais lourd de sous-entendus. Nous parlons, tu sais. Nous parlons beaucoup. Elle raconte des histoires de quand papa était petit, quand il était jeune aussi, et qu'il courait les filles. Enfin quoi, nous parlons de la famille, de choses et d'autres. »

Un jour d'automne pourtant, la vieille femme s'était adressée directement à moi. Je ne prêtais pas vraiment attention à leur conversation à ce moment-là, mais je crois qu'avec ma mère elles se chamaillaient à mi-voix à propos du déroulement de la messe. Elles n'avaient pas l'air d'accord sur un point très précis de liturgie, même si, à ce que j'en savais, l'une comme l'autre ne mettaient qu'occasionnellement les pieds à l'église. J'ai levé la tête. Il ne leur arrivait presque jamais de se disputer. Je me souviens qu'elles grignotaient toutes les deux des gaufrettes à la vanille.

Ma grand-mère s'est tournée vers moi et, d'un air détaché, a glapi :

«Tiens, Dominique, va donc dans ma chambre me chercher mon missel vert qui est posé sur la commode.» Je me souviens de la phrase exacte. Son missel vert posé sur la commode.

L'une de ses chevilles, très enflée, la gênait pour se déplacer. Aussi, pour une fois, avait-elle été contrainte de me demander de l'aide. Si j'ai été surprise de la voir s'adresser à moi, je ne l'ai pas montré, je me suis levée d'un bond pour m'engouffrer dans le couloir obscur qui menait vers l'arrière de la maison. Jamais je n'avais été autorisée à m'aventurer seule jusque-là.

L'odeur était celle des vieux, lavande et tristesse mélangées. J'ai allumé le plafonnier en laiton, dont la forte lumière m'a fait cligner des yeux. En comparaison, il faisait vraiment nuit dans la cuisine. Je suis restée un instant sur le seuil. Sur une commode, j'ai aperçu quelques flacons et un bouquet de fleurs séchées, des pivoines je crois me souvenir, toutes ridées et décolorées. L'idée m'est venue qu'elles ressemblaient de façon frappante à ma grand-mère. À côté se trouvait bel et bien le missel, en évidence, recouvert de toile couleur de lierre. Sur le mur au-dessus de la commode était suspendu le portrait d'un homme sévère à la moustache impressionnante : Pierre Lenoir, mon grand-père, mort un an après ma naissance d'un cancer du côlon.

Ce colosse, je me le suis demandé pendant mes recherches à la bibliothèque Charcot, comment pouvait-il être le fils de la minuscule Petite Moi ?

La chambre était plutôt coquette, le sol recouvert d'une moquette claire, usée mais propre, la fenêtre voilée de tissu couleur crème. Le lit était tendu de dentelle blanche, bien lisse, comme celui d'une morte, surmonté d'un christ en croix et de branches de buis racornies. Marthe allait peut-être à la messe, après tout.

Posé sur la table de nuit en bois brillant, un cadre argenté abritant une photographie en noir et blanc a attiré mon regard. De loin, on reconnaissait la silhouette, l'attitude d'un enfant qui aussitôt m'a semblé familier. J'ai frémi. J'avais douze ans, treize ans peut-être, et ma grand-mère gardait près de son lit, près de son cœur, une photo de moi, sa petite-fille. Car j'en étais sûre, il ne pouvait s'agir de Marie. J'ai identifié jusqu'à l'arbre sur lequel j'étais appuyée. Ça n'était pas un arbre, en réalité, mais l'un des longs piquets fichés dans le sable de la plage. Je me rappelais m'y être assise, le dos plaqué contre la chaleur polie du vieux bois. Qui m'avait photographiée ce jour-là ? Elle ? Je ne m'en souvenais pas, mais ça n'avait pas d'importance.

Cette preuve muette que j'existais pour elle, au-delà du silence des dimanches, m'a bouleversée au-delà de toute raison. Je me suis avancée. L'odeur a changé. Un parfum de roses fanées, de poudre, de vieux tiroir, subsistait malgré la fenêtre entrouverte. Je m'habituais à la clarté, les détails me sautaient au visage. J'ai porté le cadre jusqu'à mes yeux, mon sourire naissant s'est figé.

Ce n'était pas moi.

C'était un enfant, fille ou garçon, on ne pouvait dire. Ce n'était pas Marie non plus, mais ce n'était pas moi.

Mon espérance, une fois encore, avait été déçue. Je me fichais de savoir de qui il s'agissait, je l'ai détesté aussitôt. Sans comprendre, j'ai haï l'enfant que ma grand-mère aimait.

J'ai saisi le missel, heurtant une pivoine séchée dont un pétale s'est brisé, suis sortie en laissant le lustre allumé, la chambre toute à sa lumière stridente, et suis retournée dans la cuisine sans reprendre mon souffle. Je sens encore contre mes doigts la texture de la couverture rugueuse.

Et je m'en souviens, c'est le visage sévère, ostensiblement, que j'ai flanqué le petit volume vert entre les mains de ma mère cet après-midi-là, tandis que Marthe, qui tendait son bras nu vers moi, une gaufrette entamée entre les doigts, m'observait avec stupéfaction sous ses cils charbonneux.

Lorsque ma grand-mère est morte, j'ai hérité de ce missel, mais la photo, dans son cadre argenté, je n'ai jamais su ce qu'elle était devenue.

Je sors déjeuner.

J'abandonne sur la table le livre grand ouvert, la conservatrice m'en ayant donné l'autorisation. Ouvert à la page de Jeanne. J'ai l'impression que cela peut lui faire plaisir, de prendre un peu l'air. À travers ses paupières, la lumière de la Salpêtrière, filtrée par les baies ternies de pluie séchée, ne devrait pas blesser ses pupilles.

Dehors, il fait beau, j'avais oublié le temps, les iris en contrebas et les étourneaux, j'avais oublié que dehors il pouvait y avoir une réalité quelconque. Une jeune fille mange une salade en barquette sur un banc, des groupes de gens stationnent ici et là en discutant avec insouciance. Une femme éclate de rire. Le petit chat gris a disparu. Je me sens effrontément familière des lieux et me dirige d'un bon pas, à travers les artères de l'hôpital, vers la sortie. Il doit bien y avoir une boulangerie, quelque part à côté du métro. Je porte en moi un élan inconnu, et la promesse de Jeanne.

Je dois faire la queue de longues minutes avant de tenir dans la main ce sandwich au jambon dans lequel j'ai prié qu'on glisse une feuille de salade. J'achète une petite bouteille d'eau, un paquet de guimauves de toutes les couleurs et m'en reviens à la Salpêtrière.

Je m'installe sur un banc au soleil, adossé à une longue bande herbeuse, exactement à l'entrée de la clinique des Maladies du système nerveux. Du bâtiment jaillissent à chaque minute des personnes d'allure anodine, d'autres qui, par leur tenue, laissent deviner qu'ils sont médecins, infirmiers. Ils vont déjeuner, seuls ou accompagnés, vraisemblablement dans la cafétéria de l'hôpital. La vie de ces gens se déroule ici, ordinaire, et ça ne cesse de m'étonner.

Tout en mangeant, je commence à inventorier les herbes. Même ici, dans ce lieu plus qu'urbain, une flore assez variée prospère sans bruit. Derrière moi, dans le massif de millepertuis, surgissent quelques laitues sauvages dont je distingue les aiguillons dressés. Je me lève avec paresse, déambule dans l'herbe mauvaise, les yeux rivés au sol, la bouche pleine de guimauves. Une femme au teint pâle, sur le banc voisin, me jette un regard craintif. Dans mon carnet, je note toutes les herbes que je connais. Un médecin en blouse blanche s'avance vers moi d'un pas pressé. Je frissonne. Après tout, il est fort possible que mon obsession pour la flore ordinaire puisse être recensée parmi les désordres mentaux.

La bibliothèque va rouvrir bientôt. Je retourne à pas lents et distraits vers le bâtiment noir. Quelques étudiants en psychiatrie s'engouffrent dans l'amphithéâtre Charcot situé au rez-de-chaussée, je me demande quel est le sujet du cours aujourd'hui.

Je souris à la conservatrice en entrant, avec l'impression d'agir en habituée. À ma place, Jeanne a toujours les deux paupières baissées. Sur son visage il me semble apercevoir pourtant, furtive, l'ébauche d'un sourire.

« De la superposition des troubles, de la sensibilité et des spasmes de la face et du cou chez les hystériques. »

Le chapitre qui la concerne, comme beaucoup de ceux que j'ai déjà parcourus, regroupe plusieurs cas. La superposition des troubles. C'est ça. La superposition.

Je n'ai pas eu tort d'assembler en esprit les deux jeunes femmes, parce que Léontine se trouve simplement, figée dans son clin d'œil immobile, à la page suivante.

Elle est là sous mes yeux, ma Petite Moi. Léontine. Je l'ai trouvée. Son image n'est plus une feuille volante, mais, dans sa chair, elle se lie à toutes les chairs de la Salpêtrière.

J'ai tant redouté l'instant où elle surgirait devant moi que finalement, je suis presque soulagée qu'il arrive si vite. Au-dehors, les étourneaux sifflent avec insolence.

En prenant, à la Salpêtrière, au mois de novembre 1887, nos fonctions de Chef de Clinique de M. le professeur Charcot, nous avons trouvé dans la salle Duchenne-de-Boulogne une jeune fille hystérique, présentant, entre autres accidents variés de la névrose, une contraction de l'orbiculaire des paupières gauches, dont l'étude a été l'origine du présent travail.

Obs.1

Léontine L., couturière, âgée de seize ans et demi, entre à la Salpêtrière, salle Duchenne-de-Boulogne, service de M. le professeur Charcot, le 22 septembre 1887.

Jamais je n'avais essayé d'imaginer un métier à Léontine. Couturière? Jamais de la vie. Ni couturière, ni princesse, ni danseuse, ni quoi que ce soit. Pas de métier. Elle était mon arrière-grand-mère et je n'avais pas pensé plus loin. Son emploi était de m'attendre, depuis des années, cachée sans bouger dans une enveloppe. Les ancêtres n'ont pas de chair, pas de sentiments. Ils n'ont pas de vie. Ni aujourd'hui, puisqu'ils sont morts, ni même jamais. C'est ce que j'avais cru.

Je songe au sombre portrait de Pierre Lenoir, suspendu

dans la chambre de ma grand-mère Marthe, au-dessus de la commode. Ce vieillard au regard austère n'était-il pas un homme ? L'avait-il été, le fils de Léontine ? En larmes, en érection, en colère, amoureux ? Un homme, avec la chaleur, la sueur, les émois d'un homme ?

On ne veut guère reconnaître le désir des ancêtres. Il nous met mal à l'aise, ce désir, car, confusément, on sait bien que c'est de lui que nous sommes nés.

Face au grand livre ouvert je commence à comprendre qu'il a existé autre chose que ce que j'ai toujours daigné voir du passé, immobile et mort. Les silhouettes sur les photos ont crié, ont ri, peut-être plus souvent que je ne l'ai fait moi-même. Les aïeules des photos ont mauvais caractère et s'attendrissent devant des chatons, elles sont couturières, paysannes, écrivains, patronnes, amantes, menteuses, bavardes, drôles et complexées par la taille de leurs seins. Elles aiment l'ail ou les tourbillons des feuilles dans les rues en automne. Elles ont mal au ventre. Elles ont peur d'avoir des cheveux blancs et cachent sous leur oreiller un caillou noir de la rivière. Elles sont vivantes.

Je voudrais qu'elles m'engueulent, maintenant, de ne les avoir jamais crues.

Léontine, alors ? Couturière ?

Et cette toilette sévère, dans laquelle elle m'apparaît ici, l'a-t-elle confectionnée elle-même ? La robe ne serait pas qu'une photo de robe, grise à force d'être noire, si triste qu'aucun appétit féminin ne pourrait en être à l'origine ? Elle a existé, lourde, infiniment matérielle. Un corps vivant l'a enfilée le matin-même et respire à l'intérieur. *Je vais mettre ma robe noire. Dessous, une chemise ? Tiens, celle-ci, ornée des motifs nouveaux que j'avais vus en rêve, magnifiques sur une belle percale : je les ai brodés au réveil sur mon coton blanc. Un pantalon. Sous mon plastron, je mettrai ce bijou, le pendentif qu'il m'a donné et qu'à l'entrée de l'hôpital, au mois de septembre, on m'a confisqué, comme la vieille lettre de maman.*

En a-t-elle jamais eu une autre, de tenue ? Les femmes de condition modeste, à l'époque, possèdent-elles autre chose qu'une seule robe noire, portée des semaines avant d'être lavée ? Jamais, de toute façon, une robe telle que celle-ci ne sécherait en une nuit. La laver. Dans une bassine en fer-blanc ? Au lavoir ? Et l'odeur... Celle du savon, un petit morceau de savon strié par l'usage. Celle de son corps. La sueur aigrelette, une petite bouffée de muguet, de violette, de fleur maladroite. Son corps, chair, désir, douleur, seins, gras et douceur de la peau tendue. Un corps de seize ans, dans la lourde robe noire de Léontine.

Antécédents héréditaires :

Père rhumatisant ; mère morte d'une maladie de cœur. La malade n'a pas connu ses grands-parents paternels ni maternels. Un frère, bien portant, qui a eu des douleurs rhumatismales. Une sœur a des attaques d'hystérie.

Antécédents personnels :

Rougeole dans l'enfance. À l'âge de sept ans, chorée de Sydenham qui a duré cinq ans : trois ans de suite, un an de repos, puis une récidive. Réglée à quinze ans, l'a toujours été assez régulièrement.

Il y a déjà tant d'informations, dans ces deux petits paragraphes. Une famille de cinq personnes. Un frère, une sœur. La mort de mes arrière-arrière-grands-parents. Morte, aussi, la mère. Morte est la mère de Léontine. Quand est-ce arrivé ? Sur la deuxième photo, le visage adouci est-il celui d'une jeune fille qui vient de perdre sa mère ? Non. Elle est vivante encore, le jour de la deuxième photo. Ou alors... Ou alors, au contraire, le décès est ancien et Léontine, petit à petit, a fini par s'en remettre. C'est pourquoi la Petite Moi de quatre ans a l'air si minuscule. C'est elle, l'orpheline.

Une fratrie. Plus jeune, plus âgée, on ne sait pas. Une sœur déjà hystérique, en tout cas. Un père seul pour les élever. Une autre femme peut-être, dans l'ombre des mots ?

L'âge des premières règles, aussi. Quinze ans, comme pour moi. Ma mère, elle-même pubère à douze, s'était inquiétée lorsqu'à mon quatorzième anniversaire il ne s'était toujours rien passé « de ce côté-là ». Décidément je n'étais pas comme elle, j'étais une Lenoir, comme Léontine. Quinze ans, Grand Paradis, le sang à travers ma culotte. Mon bermuda avait taché la pierre plate, rouge sur le lichen jaune.

Et puis, en y réfléchissant, il y a si peu de choses dans ces paragraphes... À quoi pense-t-elle, le soir, dans son lit, et le matin, en se réveillant ? Aime-t-elle vraiment cela, la couture, le maniement des tissus, leur application sur le corps ? Quand donc a-t-elle quitté Rochefort, où elle s'était rendue chez le photographe de la rue des Fonderies, pour rejoindre Paris ? Et pourquoi ? A-t-elle fait le voyage tout exprès pour la Salpêtrière, en ce mois de septembre 1887, ou bien toute la famille Lenoir avait-elle déménagé quelques années plus tôt ?

Pourquoi Damaye, l'externe du service qui a recueilli toutes ces observations, ne répond-il à aucune de mes questions ?

La première fois que j'ai vu Thomas, il dormait. Enfin, j'ai cru qu'il dormait. Pendant une seconde je l'ai supposé, puis, voyant la position incongrue de ses doigts dans l'herbe, j'ai pensé qu'il était mort.

J'avais vingt et un ans, et à l'époque je vivais toujours dans l'appartement de mon enfance. Sans Marie, mais avec ma mère navrée, dans ma chambre de petite fille. Je commençais tout juste à subvenir à mes besoins. J'avais trouvé un emploi, l'équivalent d'un mi-temps, dans l'un des restaurants de coquillages le long de la plage, juste à côté du *Crocodile*. Il y avait sur le front de mer tout un défilé d'animaux qui amusait les touristes. À la *Moule bleue*, au *Crocodile*, au *Barracuda*, aux *Oursins*…

L'établissement qui avait pris le risque de m'engager comme serveuse s'appelait la *Langouste*, et en effet il y avait eu au restaurant, pendant des années, une petite langouste immobile, à la carapace décolorée, qui vivotait dans le vivier au milieu des tourteaux.

Avec mon salaire bien modeste, je contribuais depuis peu à la charge du loyer et des courses. Je passais aussi l'aspirateur, nettoyais les vitres. Comme par le passé, ma mère ne s'intéressait guère au ménage, ni à rien d'ailleurs qui concernât l'aménagement ou l'agrément de la maison. Tous les matins, elle quittait l'appartement pour rejoindre le service de l'état civil de la mairie où elle travaillait depuis l'âge de vingt ans. Pour son déjeuner, elle emportait une salade ou un sandwich dans une boîte en plastique, et un roman policier.

Marie avait quitté la rue de la Petite-Quille depuis quelque temps déjà. Je n'arrive pas à me rappeler où elle pouvait bien vivre alors, ni avec qui, ni faisant quoi. Ma mère et moi, curieusement, ne parlions jamais d'elle.

Le moment était venu de déserter à mon tour cet appartement lugubre, de fuir le passé et la ville où, hormis quelques rares incursions vers Rochefort, j'avais passé l'intégralité de ma vie. Le corps désolé de ma mère dans ses robes à fleurs me révulsait, et pourtant c'était cette désolation qui m'empêchait de l'abandonner. Nous n'échangions pratiquement plus rien, toutes les deux, mais que lui restait-il à part moi ? Même ma grand-mère Marthe, en mourant deux ans plus tôt, l'avait trahie. Un dimanche, nous l'avions trouvée en bigoudis, les ongles faits, couchée de tout son long devant son fourneau bien astiqué. Marthe avait mis de la musique, une petite musique aigrelette, pour s'envoler dans la cuisine.

Cet après-midi-là, jour de congé, j'étais allée marcher le long de la rivière, un carnet à la main. J'avais entrepris le recensement méticuleux – obsessionnel, plutôt – de la flore en bordure de l'eau sur la surface précise d'un mètre carré. Pour en délimiter le périmètre, je m'étais munie de quatre piquets de noisetier et de quelques longueurs de la ficelle velue qui servait à ligoter les bourriches d'huîtres de la *Langouste*. Les yeux au sol, je suivais à pas lents les contours irréguliers de la rive, attentive à la végétation, guettant l'emplacement idéal. Je portais sur la tête un petit chapeau de toile car la chaleur était particulièrement torride en ce dernier jour du mois de juin.

Un jour dont le simple énoncé m'avait remplie de désir et de nostalgie, tout au long de mon enfance puis de mon adolescence. Le 30 juin. Année après année, une semaine exactement après chaque rentrée scolaire, après que l'excitation et l'espoir de nouveauté avaient laissé place à la désillusion, je l'attendais, moi comme tous les autres, ce 30 juin qui sonnerait enfin le glas de l'ennui.

Le long de la rivière, je me demandais comment, avec cette touffeur, les herbes et les plantes s'y prenaient pour résister, notamment celles, particulièrement vulnérables, dotées d'un ample feuillage offrant une large prise au soleil et donc à l'évaporation de l'eau. Dans quelles ressources pouvaient-elles bien puiser pour ne pas se flétrir et mourir en quelques heures sous l'assaut furieux de la chaleur? J'avais toujours été frappée par l'injustice que me semblait représenter la contrainte immobilité végétale.

Pourquoi, par exemple, le myriophylle, plante aquatique courageusement ancrée dans l'anfractuosité de l'écluse qui se trouvait un peu plus en aval, se voyait-il continuellement fouetté, avec une violence inouïe, par le courant de l'eau glacée? Impuissant, sans autre rébellion que la mort? Pourquoi ne pouvait-il jamais – *jamais* – trouver le moindre repos? Quelle pouvait être cette vie qui ne connaissait nulle quiétude? Un jour, à l'âge de quinze ans, j'étais descendue dans cette eau cruelle, en culotte et en modeste soutien-gorge. Alors, lui faisant rempart de mon corps frissonnant, corps maigre aux pieds dérapant sur le fond vaseux de la rivière, le flanc plaqué contre la pierre visqueuse de l'écluse, j'avais offert à ce myriophylle quelques secondes de paix, pour le voir, aussitôt, se répandre le long de la paroi comme une chose sans vie, d'une infinie tristesse.

Et pourquoi le rumex, aux immenses feuilles pleines d'un suc dont je savais frotter ma peau pour apaiser les piqûres de l'ortie, comme aussi la menthe duveteuse ou l'alliaire odorante ne pouvaient-ils choisir de se placer, rien qu'un instant, au répit de l'ombre des arbres ? Et qui faisait de l'ombre aux arbres ? Il y avait quelque chose d'angoissant dans tout cela, l'écho d'une humaine impuissance à prendre possession de sa propre existence.

J'en étais là de mes pensées, froissant doucement entre mes doigts quelques feuilles amollies par la chaleur, lorsque je suis tombée sur une masse de cheveux blonds dans l'herbe, des cheveux de fille aux reflets presque roux. Cette chevelure vaporeuse appartenait en vérité à un jeune homme au grand corps grêle, au visage très rouge et aux yeux fermés dont les paupières étaient boursouflées. Stupéfaite, j'ai cru l'espace d'un éclair qu'il s'était endormi là, au soleil, à deux heures de l'après-midi, quand j'ai remarqué une canne à pêche qui flottait tout entière dans l'eau, aussi immobile que nous l'étions tous les deux. La position du corps laissait supposer que le jeune homme était plutôt tombé de tout son long, son bras et sa main gauches retournés dans une position peu naturelle. Assez semblable, je m'en fais la réflexion aujourd'hui, aux contractures des membres hystériques.

J'ai pensé alors qu'il était mort, et puis je me suis dit qu'un cadavre n'aurait pas la peau si luisante, ni le teint si empourpré.

Sans oser le toucher je me suis accroupie à côté de lui, j'ai posé mon carnet près de sa main aux doigts blancs, aux ongles propres et carrés. Penchée sur son visage, j'ai eu peur que soudain il écarquille grand les yeux pour m'effrayer et se moquer de moi. Mais il ne bougeait pas.

Il n'a pas réagi davantage lorsque j'ai tâtonné la chair de son épaule à travers la maille légère du tee-shirt. J'ai approché alors mon oreille de sa bouche pour écouter s'il respirait encore, puisque je n'arrivais pas à décider si son torse se soulevait véritablement et à intervalles réguliers.

Son souffle était très rétréci, mais bien vivant. J'ai saisi son poignet comme je l'avais vu faire dans les films, essayant maladroitement de deviner son pouls. Sa peau était moite et sa sueur presque inodore. Je ne savais pas si le sang battait. Peut-être que oui.

Quelques années plus tôt, il m'était arrivé le même genre d'incident. C'était à environ un kilomètre de là, toujours près de la rivière. Au bord de l'insolation, saisie de langueur, puis de vertige, je m'étais laissée glisser presque tout habillée dans l'eau boueuse, une eau épaisse et pas tout à fait froide, pour m'étendre ensuite, après une marche chancelante, assommée mais consciente, dans l'ombre de Grand Paradis. Sur mes vêtements, la boue de la rivière avait redessiné ses rives.

J'étais sans mouvement devant le corps du garçon. Jamais un homme n'avait été, de cette manière, à ma merci. Je n'étais plus vierge, non, il y en avait eu plusieurs, qui m'avaient prise sans me parler, presque sans me regarder. Mais, toujours, je restais sur la défensive.

Le visage du jeune homme dans l'herbe n'était pas vraiment séduisant, rouge et gonflé de chaleur. Mais.

Du bout de mon index j'ai effleuré le nez, long, mince, au cartilage légèrement dévié, puis les sourcils, la naissance des cheveux, les lèvres qui n'étaient pas closes.

À la surface de l'eau, les gerris patinaient inlassablement autour de la canne à pêche. L'odeur de la boue mélangée de menthe, la bêtise accablante de la grande chaleur.

La vérité était là, tout entière dans ce premier moment de notre rencontre, alors même que l'idée d'aller chercher du secours ne m'avait pas encore effleurée : jamais je ne retrouverais avec Thomas un moment de désir – peut-être même d'amour – aussi bouleversant que celui-ci, au bord de la rivière. Même si, pendant des années, je ne ferais rien d'autre qu'essayer de le faire renaître.

À l'image de notre rencontre, j'aimais Thomas quand il dormait, lorsqu'il était loin, ou ne me regardait pas. Me fascinaient ses paupières fermées, le flot régulier de son souffle, sa nuque, son dos, ses muscles amollis par l'inconscience. Je le voulais livré ainsi : dans toute son innocence et sa passivité érotiques. Je désirais n'être pour lui que l'inconnue qui lui volait son corps. À peine me serrait-il tendrement dans ses bras, son regard plongé dans le mien, à peine m'adressait-il la parole que me prenait la frénésie maladive de me libérer de lui.

Au début de notre liaison, le feint abandon au sommeil faisait partie de nos rituels, et Thomas avait rapidement compris comment il fallait me séduire. Presque tous les soirs, dans son petit appartement de la rue des Indes, lorsque nous nous allongions dans son lit un silence cotonneux s'établissait dans la chambre. Aucun de nous deux ne bougeait. Nous attendions, immobiles sous les draps de la rivière. Peu à peu, Thomas ralentissait sa respiration et, de temps à autre, laissait ses jambes, ses mains, en proie aux légers soubresauts propres à l'endormissement. De mon côté, je guettais l'apaisement de son souffle, espérant chaque soir, comment pouvais-je, que cette fois-ci, fatigué de sa journée, il s'endormirait vraiment. Je voulais y croire. Un doute subsistait, il y avait cette ambiguïté qui me remplissait d'une étrange passion. Dans le lit, je me rapprochais insensiblement de son corps. Parfois, sa respiration se bloquait soudain et la mienne, aussitôt, se terrait au fond de mon ventre. Je l'aimais. Je touchais la peau de son bras, son épaule morte. Je l'embrassais. J'adorais sa carcasse vide. Comment pouvait-il m'aimer, moi ? Je ne comprenais pas. Je l'ignore encore.

Sept ans après notre mariage, nous avons divorcé. Nous n'arrivions plus à faire semblant. Le soir, dans notre lit, Thomas s'endormait vraiment, comme une masse, et son corps qui s'était considérablement empâté pesait comme un obstacle entre nous. Les rares fois où je tentais de renouveler l'ancien scénario, il se retournait avec brusquerie au premier effleurement, innocemment je pense, mais sa peau, son sommeil ne voulaient plus de moi. Je restais allongée toute droite, me faisant l'effet d'une gisante grotesque, des larmes silencieuses coulant dans mes oreilles, et je me demandais comment nous en étions arrivés là.

Quand nous nous sommes séparés, j'ai eu la faiblesse de croire que cet éloignement, par sa grâce rituelle, saurait faire renaître une partie de mes sentiments enfouis. Ce fut, en quelque sorte, le cas.

Nous avons dîné, un soir, deux mois après que le jugement avait été rendu, dans l'une des brasseries du front de mer, pas très loin du *Crocodile*. Ce restaurant a disparu depuis, du moins a-t-il changé de nom. Cette soirée avait été silencieuse, nous mangions des huîtres en buvant du vin blanc, je sentais que nos yeux, par vagues, se cherchaient. Nous échangions quelques sourires. J'aimais entendre le brouhaha du restaurant qui nous enveloppait, le cliquetis des couverts, le ronronnement des conversations dans l'odeur du citron. Lorsqu'un client de la table voisine, je m'en souviens, se jugeant mal servi s'est emporté contre le garçon, il y a eu entre Thomas et moi cette connivence amusée qui m'a fait oser poser ma main sur la sienne. J'ai remarqué, à ce moment, d'attendrissantes petites rides nouvelles qui s'étaient formées au bord de ses oreilles. Il m'a regardée, son visage s'est renfrogné.

Cette phrase grandiloquente, il l'avait sans doute préparée et, par ma bêtise, ma lâcheté, je venais lui donner l'occasion de la prononcer. Mais sans doute avait-il raison, quand j'y pense.

« Non, Dominique, m'a-t-il soufflé, tu n'aimes que les morts, et j'en ai assez de ma tombe. »

Quelques semaines plus tard, il est parti pour Paris. Il allait refaire sa vie, trouver une femme qui l'aimerait vivant, éveillé, et lui ferait des enfants en le regardant dans les yeux.

Aujourd'hui, en écrivant ces mots, je devine ce qui passait dans ma tête, dans mon corps avec et sans lui. Il y a des dizaines de choses qu'avec la première photo, maintenant, je comprends mieux.

L'appartement de mon ancien mari se trouvait au sixième étage d'un petit immeuble en briques rouges et blanches, près de la porte de Vanves, à Paris. J'avais pris un taxi depuis la gare, et assise sur le siège arrière je me sentais vraiment provinciale. Les Parisiens s'engouffraient ici et là dans les bouches de métro, je les enviais. Promis, les taxis, c'était la dernière fois.

Le concierge, comme convenu, m'a remis les clés. J'avais craint qu'il ne me demande des explications, qu'il aille jusqu'à exiger mes papiers, je me faisais de drôles d'idées sur les concierges et les immeubles parisiens. Mais l'homme m'a à peine regardée, me fourrant dans la main un trousseau sans cesser de suivre d'un œil ce qui se passait à la télévision, derrière lui. Il n'était pas un homme, mais un bras, puis un dos. Ça sentait la sardine et l'humidité dans sa loge, une certaine idée du bord de mer, peut-être.

Thomas, tout comme moi, était donc en vacances. Pour une semaine, il avait emmené sa famille à Malte, dans une petite résidence à quelques kilomètres des plages. Si j'en croyais ce qu'il m'avait affirmé d'une voix douce au téléphone, ça ne les dérangeait pas, ni sa femme ni lui, de me prêter leur appartement si je n'avais nulle part où aller « dans la capitale ». C'était gentil de leur part. Les deux enfants, par l'intermédiaire de leur père, m'avaient même proposé leur chambre, mais j'avais décliné. Je prendrais le canapé.

Il y a des années, des dizaines d'années, une vague cousine de ma mère était venue passer quelques jours chez nous, rue de la Petite-Quille. Je ne me souviens pas de son nom, je ne crois pas non plus l'avoir jamais revue. J'avais dû laisser mon lit à cette femme. Expulser Marie de sa chambre n'avait sans doute pas été envisageable. Quant à ma mère, elle dormait déjà dans le salon, sur une banquette.

Et j'avais détesté ça. Pendant toute la durée du séjour de la cousine, et même longtemps après son départ, je l'avais imaginée fouillant dans mes affaires, intriguée par le monde intérieur qui se devinait là, dans ma chambre étroite. Elle n'y avait certainement vu que le décor banal d'une fillette – j'aime bien ce mot, car les fillettes, ça n'existe pas – sans personnalité et sans goût pour l'ordre, mais j'avais vécu son intrusion comme une véritable violence.

Ce jour-là, dans l'appartement parisien de la petite famille que je n'avais pas su créer, j'ai choisi ce canapé bleu qui n'était volé à personne. Je n'ai même pas ouvert la porte de la chambre des enfants. Sur les photos du salon, posées dans la petite bibliothèque remplie de livres de poche, j'ai vu leurs sourires, leurs vêtements bien repassés, choisis avec soin. C'est à peine si la physionomie de mon ancien mari me paraissait plus familière que celle des trois autres.

L'appartement n'était pas très grand, mais il était gai. Sur un mur dans le couloir, j'ai reconnu le petit tableau que j'avais offert à Thomas au début de notre mariage. Une jolie nature morte fin XIX^e^, des crevettes et un gros citron jaune. Il l'avait gardée. Quelques souvenirs sont remontés à la surface, qui ne faisaient pas tellement mal, n'avaient même pas beaucoup d'importance. J'avais fait la paix avec tout ça, c'était l'une des choses que j'avais réussies dans ma vie.

Et soudain j'ai pensé, observant les pattes figées et griffues des crevettes, que plus jamais il n'y aurait d'homme dans ma vie.

J'ai commencé par me promener à pied dans le quartier, déambulant au hasard pendant presque toute la première journée. Le plus dépaysant, c'était sans doute cette absence de repères visuels. Voilà bien longtemps que je n'avais pas eu sous les yeux de paysage tout à fait inconnu. C'était assez grisant de se laisser engloutir par la ville, sous ce ciel uniformément gris. Était-ce vraiment si différent de Rochefort?

Le long du trottoir, je n'ai pu m'empêcher, comme à mon habitude, de détecter ici ou là les quelques mauvaises herbes qui bravaient l'adversité de la ville. Parfois c'était effrayant, ces idées d'herbes. Au fil des ans, c'était devenu une sorte d'obsession, je ne pouvais m'empêcher d'en dénicher partout. Matricaire au pied des platanes, camomille, plantain, arroche aux abords d'un parking... J'ai même découvert un érigéron en fleur et un minuscule pied de pourpier sauvage, encore tout verni de l'urine d'un chien.

Non, finalement, ce n'était pas la campagne qui manquait à Paris, c'était la mer, l'horizon et l'odeur de la mer.

Je suis allée acheter quelques livres dans une librairie. Elle était vaste, répartie sur plusieurs étages, je n'avais jamais vu nulle part d'endroit semblable. Je voulais trouver des cadeaux pour les enfants de Thomas, ainsi qu'un ou deux ouvrages sur l'hystérie, parmi ceux dont j'avais trouvé les références grâce à Anita. Ils n'en avaient qu'un seul sur place, dans ma modeste bibliothèque municipale, mais j'avais pu l'emprunter aussitôt. C'est là que j'avais trouvé cette phrase édifiante : *Toute femme est faite pour sentir, et sentir, c'est presque de l'hystérie.*

Là, dans cette librairie géante, j'ai acheté tous ceux qu'ils avaient en stock, sans être sûre d'envisager seulement de les lire. Tout comprendre sur le sujet n'était pas possible, ni même peut-être souhaitable. Ça me rassurait, simplement, d'avoir un peu de documentation.

*Hystérie*. Ce mot signifiait-il encore quoi que ce soit, au début de ce XXIe siècle ? À présent, l'hystérie n'était rien de plus, me semblait-il, qu'un accident passager. Depuis que j'avais ouvert l'enveloppe de Léontine, je ne pouvais passer une journée sans lire ou entendre ce mot. Un fou rire hystérique. Une foule hystérique. Des cris hystériques. Une cité hystérique. *L'hystérie perçante des coyotes* était même une expression utilisée par Truman Capote dans *De sang-froid*, dont je venais de terminer la lecture.

J'écris aujourd'hui tous ces mots. Je ne sais toujours pas ce que ça me fait. Ça n'existe pas.

Il a bien fallu se lancer. J'ai téléphoné à la conservatrice de la bibliothèque de la Salpêtrière. Sa voix m'a plu, mature, enjouée, étrangère aux craintes qui m'habitaient. Elle m'a donné rendez-vous le lendemain matin, à l'ouverture de la salle.

Le 1er juillet 1887, à la suite d'un refroidissement, [Léontine] fut prise d'un mal de gorge et commença à ressentir de la raideur dans le cou. Le lendemain matin, elle était devenue aphone. [...] Le médecin de sa famille l'envoya consulter à la Salpêtrière, et elle entra dans le service de M. le professeur Charcot au mois de septembre 1887. [...] On remarqua alors que l'on pouvait, par la pression sur les globes oculaires, la mettre dans l'état désigné sous le nom de *petit hypnotisme*. Dans cet état, on pouvait, par suggestion, [...] la faire parler à haute voix; mais l'aphonie revenait au bout de quelques heures.

Je presse de mes pouces mes yeux dans leurs orbites, jusqu'au rouge. Ça ne m'hypnotise pas. Ça me fait mal. Ça aide à monter l'idée stupide des larmes.

À la suite d'une attaque survenue dans le mois de novembre 1887, l'œil gauche est resté fermé. [...] Léontine L. n'avait jamais vu de malade atteint de blépharospasme. Elle avait été hypnotisée à la Salpêtrière bien avant la localisation de cette affection sur son œil gauche; mais elle n'avait jamais été suggérée dans ce sens.

Je remonte le fil des pages pour vérifier une hypothèse. Est-il possible qu'à cette date, au mois de novembre 1887, elle ait eu l'occasion de rencontrer Jeanne, comme je l'ai imaginé un peu plus tôt?... Mais non. Jeanne n'a été admise que sept mois plus tard, en juin de l'année suivante. Au moment où l'un des yeux de Léontine se fermait, un médecin, loin de là, devait être en train de fouiller derrière le front de Jeanne, y creusant deux trous dans l'os pour débusquer des nerfs innocents.

État actuel (27 novembre 1887) :

La malade a toujours son aphonie, sa coxalgie hystérique à gauche et son blépharospasme de l'œil gauche. Elle présente les troubles suivants de la sensibilité générale : sensibilité complète à la piqûre, au froid et au contact dans tout le côté droit du corps [...].

Les images réapparaissent.

Damaye est assis sur un tabouret, Léontine debout face à lui. Il la pique avec une épingle sur tout le corps, elle est nue, mouchetée de minuscules gouttelettes de sang. Il applique sur sa peau un objet métallique et froid, une sorte de fer à marquer les bêtes. Nous sommes en novembre, et je devine que les locaux de l'hôpital ne sont pas particulièrement bien chauffés. Sans doute suffit-il, pour que cet objet soit glacé, que l'externe le laisse simplement posé sur la table. Léontine frissonne.

Il la touche, applique tantôt sa main, tantôt le fer, partout sur son corps.

*Tu sens quelque chose ? Et là ? Mmm, là ? Est-ce que ça te fait mal ?*

La pression de l'ovaire gauche est douloureuse et détermine une attaque convulsive. [...] Si l'on étend brusquement l'un des membres supérieurs, celui-ci reste ainsi fixé en extension.

Mon arrière-grand-mère est une marionnette avec laquelle on joue.

Vision : œil gauche – amaurose de cet œil. Rien dans le fond de l'œil [...].

Elle a une ou deux attaques d'hystérie par semaine. [...] L'attaque dure en moyenne quinze à vingt minutes. Elle [...] a lieu avec de grands mouvements : il y a projection du bassin en avant, mais sans arc de cercle bien net.

De temps en temps la malade, *qui est complètement aphone*, est prise d'une toux rauque, sans expectoration, toux de nature manifestement hystérique. [...]

Léontine L. est hypnotisée presque tous les jours par pression sur les globes oculaires dans un but thérapeutique.

Je me décide à tout recopier. Tout, presque tout. Recopier sans trop réfléchir, sans trop laisser les images m'assaillir. Je reprends au début et, lentement, je noircis les pages de mon carnet noir.

J'écris sans m'arrêter. Ma main me fait mal, tout mon bras se raidit, ma tête est lourde et fiévreuse.

Une femme est venue s'asseoir en face de moi à la grande table. C'est le médecin qui travaille sur Charcot et dont la bibliothécaire m'a annoncé le matin même la visite. Elle aussi a besoin de se plonger dans les images. Je lui indique où se trouvent les volumes de la *Nouvelle Iconographie*, là-haut sur la coursive, et elle va se servir. « Ne vous en faites pas, me rassure-t-elle, je n'ai pas spécialement besoin de l'année 1889. » Et je sens qu'elle m'a percée à jour : c'est que moi, j'ai vraiment *besoin* de cette année-là.

Dès le 27 novembre 1887 on commence à traiter le blépharospasme de la malade par suggestion, en même temps qu'on continue à traiter son aphonie par le même moyen.

Damaye va maintenant s'employer à raconter dans le détail comment Léontine est soignée, non par lui-même, mais par Gilles de La Tourette. Comme il l'a expliqué plus haut, celui-ci vient à peine de prendre ses fonctions de chef de clinique dans le service du professeur Charcot, et Léontine est par conséquent l'une de ses toutes premières patientes.

> La malade étant hypnotisée [...] on lui suggère qu'elle peut parler à haute voix : elle est alors prise d'une toux rauque, puis répète à haute voix les mots qu'on lui fait dire. On lui suggère ensuite qu'elle peut ouvrir l'œil gauche, ce qu'elle fait lorsqu'on a insisté pendant quelques minutes. [...] Le 1er décembre 1887, on fait les mêmes suggestions à neuf heures et demie du matin : [...] pour la première fois, [on réussit] à faire disparaître l'amaurose. [...] On réveille alors la malade : son œil gauche reste ouvert, et elle continue à voir avec cet œil, dont l'acuité visuelle est néanmoins assez faible.

L'obstination de Léontine commence à se fendiller.

Je n'en peux plus. Mes propres yeux me piquent, la peau de mon visage est si déshydratée qu'elle me fait mal.

Mais tout à coup, sous les paupières que je frotte apparaît le visage d'un homme, moustache noire et courte barbe pointue. Ses lèvres remuent, il s'applique à articuler, mais je n'entends pas ce qu'il dit. Ce n'est qu'un long gémissement confus, comme un raclement métallique. Enfin des mots se détachent. L'homme a une voix ridiculement aiguë, *Que distingues-tu ?* me demande-t-il. *Allons, qu'est-ce que tu vois, à la fin ?* Il s'impatiente, saisit mon genou à travers le tissu de ma jupe et sa tête se rapproche. Je peux sentir son haleine, elle a l'odeur sombre du lierre. Je discerne chacun des poils sur sa figure, elle est le tronc d'un vieil arbre dont l'écorce serait dévorée par les lianes sèches et velues du lierre.

Brusquement j'ai peur, je me redresse. Sans y penser, je

glisse la main dans la poche de ma veste pendue au dossier de ma chaise. La Petite Moi. Elle m'aide à respirer.

Assise un peu à l'écart pour ne pas me gêner, la femme médecin consulte les pages qu'elle vient de photocopier dans l'un des tomes de la *Nouvelle Iconographie*. Elle lève la tête et me sourit. Je m'aperçois que pas une seconde je n'ai été tentée d'utiliser, comme elle l'a fait, la photocopieuse. De façon incompréhensible, l'acte de recopier le texte à la main pendant des heures m'a paru le moyen le plus authentique, le plus fiable pour emporter l'histoire de Léontine hors de cet endroit. Même si, nécessairement, j'ai dû opérer quelques coupes ou des raccourcis dans le texte initial. Même si se perd l'apparence physique de la police et du corps typographiques propres à l'original. Ce que j'ai dans mon carnet me semble malgré cela plus proche du livre. Je préfère écrire jusqu'à en avoir des crampes douloureuses dans tout l'avant-bras.

Et puis comment oserais-je infliger à Léontine, à Jeanne, la violence de cet éclair courant le long de leur corps, fouillant leurs paupières malades ?

Il est tard, je n'ai plus de forces. J'ai l'impression d'être dépenaillée, mon chemisier est froissé, ma veste avachie, mon nez rougi par l'effort et par l'émotion. Je note sur mon carnet le numéro de la page à laquelle je me suis arrêtée, je range mes affaires. Je ne vois plus s'animer aucune image. Sur la photo, Léontine a l'air tout aussi épuisée que moi. Je referme le volume 1889.

En rentrant chez Thomas je ne tiens presque plus debout. Sur mon trajet les gens ont de drôles d'airs, figés sur leur strapontin, des figures bien plus grises et malades que celles dont ma rétine est pleine. Le métro est un parc zoologique humain dont je serais, perdue au milieu d'un wagon, d'une cage, un monstre parmi les autres monstres.

J'achète du gaspacho en brique et du pain de mie dans une petite épicerie en bas de l'immeuble. En entrant dans l'appartement, je suis tout étonnée, avec mon sac en plastique bruissant, mes allures de ménagère, de me retrouver comme chez moi dans une odeur qui n'est pas la mienne. Je sors la Petite Moi de ma poche, encore bien enveloppée. Toute la journée, elle est restée dans le noir, sans rien apercevoir de la bibliothèque Charcot. Avec précaution, je la décortique sans oser la regarder, la pose sur une console vernie dans un coin du salon, et m'en retourne dans la cuisine.

Je fais la vaisselle des quelques ustensiles laissés en plan la veille au soir. Il y a sur les rebords de l'évier en inox des brisures de nourriture séchée, des petites saletés aimables et propres de Thomas et de sa famille. Je les gratte du bout de mon ongle, la peau de mes doigts me paraît étonnamment fripée, vieille. L'eau tiède coule sur mes mains, je pense à la rivière, à Marie y jetant un à un les escargots blancs.

Fragile me manque, sa présence stupide et bonne, avec lui je pourrais aller partout sans détour, parler à voix haute sans craindre soudain de voler en éclats. J'évite le coin du salon où se trouvent la console et la petite carte claire. Je la vois de loin, pourtant, bien à plat, et avec la diffraction de la perspective, sa robe à carreaux semble s'être boursouflée, comme prise sous le vent.

Que s'est-il passé, Léontine, qu'est-il arrivé entre l'œillet dans ta main, rue des Fonderies, et le mois de septembre 1887 ? Pourquoi Damaye ne veut-il rien nous dire ?

Je finis par m'accroupir sur la moquette, la première photo posée par terre, juste entre mes genoux. Je pleure, sans faire aucun bruit. Et à ce moment précis, même en silence, pleurer est l'une des meilleures choses que j'aie faites depuis des centaines d'années.

Peu à peu les sanglots s'espacent, je me calme avec à l'estomac la sensation sourde d'une masse tiède et réconfortante. Sur la pierre de Grand Paradis, il y a cette petite fille qui me regarde sans un mot. Elle est maigre, ébouriffée. Elle a l'odeur de l'herbe, l'odeur des plumes, l'odeur de l'air. Je suis bien plus petite qu'elle, alors elle me prend dans ses bras, m'assied sur ses genoux.

Elle me dit des choses, des syllabes gémies, de longs chuchotements dérapés du langage. Je ne cherche rien à comprendre. Je sais tout ce qu'elle me dit, il n'y a rien à deviner là. Mon corps entier est fourbu, abandonné à elle, comme bouilli. Je laisse l'enfant de la première photo faire de moi un être qui n'est pas tout à fait né. Et puis son bercement se précise, palpite. Il me dit : la valise. Il me dit : la lettre.

C'est peut-être moi, mais c'est plus probablement cette

petite fille-là qui y glissa l'enveloppe avant de quitter la maison.

Car dans la valise, restée ouverte dans l'entrée, se trouve bel et bien cette lettre, tout en dessous. Celle qui dormit un siècle sous une pile de photos de morte et maintenant sous mes deux pantalons, porte toujours son ruban rouge.

*Mister Albert Lenoir*
*Twenty two Street*
*New York*
*America*

Au dos de l'enveloppe bleu pâle, à l'encre qui a pâli, ma mère a indiqué son nom et son adresse maladroite. Louise. La Louise immobile, celle de la Petite-Quille.

Je ne réfléchis pas, comment réfléchir, je sors la lettre de l'enveloppe. J'avais oublié ce papier *par avion*, il me semble qu'on ne l'utilise plus guère aujourd'hui. Feuilles presque transparentes, craquantes, si légères. Je crois reconnaître une petite odeur, comme un souvenir, mais sans doute ça n'existe plus, l'odeur de ma mère, son haleine au-dessus de mon lit, et moi sous son ombre qui feignais le sommeil.

Il y a plusieurs pages pliées en deux, serrées, presque collées ensemble. D'abord, son écriture, des lignes à l'encre violette qui s'empilent les unes sur les autres, je ne les comprends pas, pas encore. Son écriture est belle, il y a une ampleur dans ce chaos, une grâce que je n'y avais jamais décelée. Je ne peux m'empêcher de revoir en pensée, sur l'autre enveloppe, les lettres du mot Léontine, violettes elles aussi.

Les lignes vibrent devant moi, je me sens lourde, lourde de tout ce que je n'ai jamais su voir, et puis je la lis.

Rue de la Petite-Quille,
le 16 septembre 1966

Mon amour,

Ce matin je ne sais plus vraiment si j'ai raison de t'écrire. Comme tu me le disais autrefois, le courage c'est de durer longtemps. Je ne sais pas pour qui tu parlais, pas pour nous, mais je vais t'écrire encore, je vais l'avoir, ce courage. La nuit, toutes les nuits, je crois bien que tu m'entends, par la fenêtre je te hèle, je te raconte, qui d'autre à part toi ? M'entends-tu, par la fenêtre dans la nuit, il y a le souffle de la mer, et puis nous dans le noir.

Marie est partie dormir chez une amie rue de Grande-Famine, chez les Thibault. Sylvie, tu te souviens d'elle, avec ses grandes dents ? Il y a un peu de calme dans la maison lorsque Marie n'y est pas.

Dominique a grandi, si tu la voyais ! Toute la journée elle disparaît sur sa bicyclette, dans la campagne. Elle sait ce qu'elle veut, cette petite fille-là, c'est une qui ne pleure jamais. Jamais coiffée non plus. On dirait un épouvantail miniature, qui n'épouvanterait personne d'autre qu'elle-même.

Comment te la décrire, elle a tellement changé depuis la dernière fois que tu l'as vue... Son visage est de plus en plus carré, comme le tien, ses bras minces comme des pattes de sauterelle. Ses jambes sont remuantes, on dirait celles d'une coccinelle qui serait tombée sur le dos. Ses cheveux sont emmêlés, vivants, noirs et roux, ou plutôt roussis. Mais c'est son nez que je préfère, si petit qu'on ne peut pas l'embrasser sur le côté. Ses mains ont, en dedans, la nervure des feuilles.

Quand je la prends dans mes bras, et si elle se laisse faire, on dirait qu'elle se repose de toujours vouloir être ailleurs.

Dimanche, comme d'habitude, je suis retournée chez ta mère.

Qu'est-ce que cette femme a pu comprendre de toute notre histoire ? Que lui as-tu dit, mon Dieu, chaque dimanche je me le demande...

Et, comme presque à chaque fois, Do a insisté pour m'accompagner. Pourtant, on ne peut pas dire que Marthe soit une grand-mère qui cajole. La petite apporte un livre, elle lit à côté de nous, on dirait qu'elle s'échappe, et même quand le livre est fini ou qu'il fait trop nuit pour voir clair sur la page, je vois bien que, même sans lumière, et même sans livre, elle lit toujours, pour s'en aller encore.

Elle est forte, elle pense à des choses, des choses qui sont loin de moi. Souvent je me dis que ces choses, elles doivent être avec toi. Elle est mystérieusement, si incroyablement magnifique, ta petite fille verte. Et son mystère, tu sais, plein de profondeur, son mystère me retourne le cœur.

C'est pour ça qu'hier, sans qu'elle s'en aperçoive, je l'ai suivie sur la route, sur sa bicyclette minuscule. Elle ne sait pas que, moi aussi, je me promène. Elle s'est arrêtée derrière le bois de Moncarse, tu t'en souviens, c'est là, là que la première fois.

Elle a laissé tomber la bicyclette, elle a traversé le pré. Comme elle était sérieuse ! Je me suis cachée derrière un buisson, le long de la petite route jaune. Quand elle a été trop loin, je me suis glissée le long des arbres, comme une belette. Moi aussi, tout à coup, je me transformais en bête. Ça faisait du bien. J'ai deviné, à ses lèvres, aux mouvements de tout son corps, qu'elle parlait à voix haute en avançant à pas rapides dans le pré plein de cahots. Et puis elle s'est assise, au beau milieu, sur une pierre je crois, ou une souche, là elle s'est accroupie, comme un petit d'homme surplombant l'univers. Elle paraissait si heureuse, si pleine ! Jamais, à la maison, je n'ai vu sur son visage une expression pareille.

Elle est restée comme ça longtemps, presque immobile, racontant des histoires au creux des herbes, et moi, derrière mon buisson qui sentait la chaleur, j'ai pleuré notre petite fille que tu ne connais pas.

Louise

Je ne sais pas décrire les idées qui me viennent, alors que je dépose la lettre de ma mère sur le tapis, juste à côté de la photo. Ce ne sont pas des idées, même pas encore des images. Ça n'a rien à voir avec mon cerveau. C'est à propos de ma respiration. De ma densité. La pesanteur, l'orientation de mon bassin, le positionnement de mes épaules, de mon menton, de mon estomac. Mes poumons aussi, je crois que d'une certaine façon mes poumons sont impliqués. C'est comme si mon corps se dépliait un peu, s'agrandissait d'un millimètre ou deux, je ne sais pas expliquer autrement. Ce dont je suis sûre, c'est que ça n'est pas une histoire de pensée. C'est invisible, inarticulé. Mon corps devient d'un vert transparent, à cause de l'eau verte qui d'un coup roule dedans. Si je tends l'oreille, j'entends des gouttes, le bruit liquide, le courant, et la Petite Moi, sur la photo, entend tout cela elle aussi.

Je reste accroupie comme ça pendant plus d'une heure, du moins c'est l'impression que j'ai. Dehors, il fait déjà presque nuit. La durée change. Les muscles de mes cuisses, à la fin, douloureux, me font rouler à terre. Je suis posée sur le côté, sur le tapis de Thomas, et pourtant je n'y suis pas. Je suis là-bas, dans l'herbe, avec cette lumière nouvelle sur moi. Je suis dans l'herbe, dans les algues, j'en sens l'odeur, et à cette odeur se mêlent enfin les images qui voulaient venir.

C'était un jeudi de juin, au tout début de l'après-midi, au tout début aussi des années soixante-dix. Le jeudi, en ce temps-là, était jour sans école et, avant de filer sur ma bicyclette, dans le soleil, dans les herbes, j'avais avalé en vitesse la tomate, le fromage et la tranche de jambon ou de mortadelle que ma mère nous laissait généralement dans le frigidaire pour notre déjeuner du jeudi, à Marie et à moi.

Je ne sais plus où ça s'est passé exactement, il me semble

que c'était un secteur où j'avais peu mes habitudes, assez loin de Grand Paradis, en contrebas de la ferme Dounier où j'avais laissé mon vélo. Là, s'étirait un sentier pelé saupoudré de gravier crissant et dont, le soir s'il faisait beau, la lumière jaune que j'aimais illuminait les broussailles.

Je déambulais sur cette piste étroite, en pantalon de velours côtelé dont avaient été coupées, au niveau du genou, les jambes devenues trop courtes : mon uniforme des jours chômés, toile molle, solide, effrangée, accommodante avec le brun croûteux de la boue et les sanglantes traînées de sève écrasée. Il faisait clair, presque chaud. Il y avait dans l'air cette insouciance joyeuse propre à l'imminence des vacances, à l'imminence de l'été. Sous le soleil haut je trottais sur ce chemin tranquille dont les fossés, je m'en souviens, étaient encore très humides, exhalant une odeur écœurante de menthe en fleur et de terre croupie. J'étais une petite fille au museau en avant, belette fureteuse au pelage emmêlé de bardane et de gratteron séchés, parfaitement dans son biotope. Il y avait en moi la joie qui fait sautiller, celle qui vient du ventre et frétille sans motif.

Puis il y a eu ces voix. Je me suis immobilisée. Je n'aimais pas les voix.

Je ne les aime toujours pas. Promeneurs, randonneurs, chasseurs, cueilleurs, lorsque je me promène je ne veux pas d'eux, de leur présence, de leurs bruits, de leurs yeux.

J'ai attendu pour voir si elles ne s'estompaient pas, s'éloignant peu à peu, mais elles semblaient installées derrière une haie, dans un pré en surplomb.

Tout à coup j'ai reconnu le timbre de cette femme, son rire grave. Cette amie que ma mère avait. J'ai beau chercher, je ne me rappelle plus comment elle s'appelait. Un prénom démodé… Colette ?… Oui, Colette, je crois que c'était ça. Comme ma mère, Colette travaillait à la mairie. Au bureau des Écoles, il me semble.

Elle était assise, ou allongée, je ne la voyais guère à travers la haie en hauteur, mais ses mots rasaient le sol sans se déplacer. J'étais partagée entre l'agacement de savoir mon territoire occupé et le soulagement qu'il s'agisse d'une personne connue. Pour autant, je ne comptais pas me montrer à Colette, je préférais rester cachée. Qu'aurais-je eu à lui dire ? Et elle à me répondre ? Enfin, à qui parlait-elle, Colette, et surtout que faisait-elle ici, en plein milieu de la journée, un jeudi ? Il n'existait pas de jeudi pour les grandes personnes.

Sans faire de bruit, je me suis alors hissée entre les prunelliers, là où la haie semblait moins touffue, et j'ai aperçu à travers les branches épineuses le tissu coloré des vêtements de Colette. L'homme à qui elle s'adressait était un type rougeaud et blond que je ne connaissais pas, aux cheveux ondulés, en chemise écossaise. Ils étaient trois, assis sur une toile à trente mètres de moi, qui, à l'ombre d'un arbre, mangeaient du poulet froid. Presque de face, il y avait ma mère, vêtue de cette même robe usée dans laquelle je l'avais vue préparer le petit-déjeuner, quelques heures plus tôt. Il y avait ma mère, cet homme inconnu, et Colette qui riait à gorge déployée.

Je ne me rappelle pas ce que j'ai pu penser, sur le moment, avec le sentiment de surprise. Rien. Ma bouche a dû s'ouvrir, puis se refermer sans un bruit. Je ne sentais plus la branche aiguë qui me rentrait dans le mollet. Que faisait-elle dans un pré, ma mère ? Avait-elle obtenu un jour de congé impromptu, s'agissait-il d'une grève, d'une… d'une *surprise* ? Pourquoi, alors, me suis-je demandé avec aigreur, n'était-elle pas rentrée à la maison, vite, vite et joyeuse pour être avec nous, déjeuner avec nous, nous emmener, pourquoi pas, Marie et moi, manger une glace, nous, sur la plage au soleil ?… Pourquoi était-elle là, assise en cachette avec ces gens ?

Peut-être ma mère n'allait-elle jamais travailler. Et elle

nous mentait, avec sa vie triste, son air triste. Le jour, en fait, elle s'amusait sans ses filles.

À cet instant un léger sourire naissait sur ses lèvres, tandis que, lentement, montait jusqu'à elles un pilon de poulet rôti. Elle paraissait fascinée par ce que disait Colette. Une petite marguerite penchée, doucement, battait contre la peau nue de son bras, au gré du souffle de l'air.

Elle était différente. Ses cheveux, noués en un chignon vague, étaient les mêmes que le matin, rue de la Petite-Quille, mais ils n'étaient pas les mêmes. Il y avait un reflet. Une courbe. Une texture. Différentes. Ça n'était pas ses cheveux, car ceux devant moi formaient une coiffure, certes floue, mais c'était un chignon, et non les cheveux de ma mère, qui n'avaient pas de nom.

Il y avait aussi son corps, sa poitrine qui tendait le tissu à fleurs de la robe, il y avait son visage qui, par instants, se penchait en arrière, riant sans bruit, ou simplement regardant le ciel, les branches des arbres.

L'arc de son cou pâle. Cette femme n'était pas ma mère. Ma mère n'était pas dans l'herbe.

Pour Colette, c'était plus normal. En blue-jean évasé et haut bariolé, elle tenait une cigarette entre ses doigts bronzés. Elle fumait, ce qui était étrange, comment pouvait-on fumer dans la verdeur d'un pré, je ne comprenais pas. Mais c'était bien Colette. Bavarde, satisfaite, un peu vulgaire. Vivante. Exactement Colette.

L'homme ne ressemblait pas du tout à son mari, que je connaissais bien pour l'avoir souvent surpris dans une remise ouverte derrière le restaurant où il travaillait, à bricoler une vieille moto pendant les heures de service. Je me suis demandé si cet homme était là pour l'une d'entre elles. Pour ma mère. Mais Colette était assise entre eux, et soudain j'ai remarqué la main de l'homme qui se posait, presque par inadvertance, sur le mollet de Colette, sur l'arrondi de son épaule. Leurs mouvements, leurs rires, trouvaient l'un dans l'autre un écho. Ils bougeaient comme une vague entraîne la suivante, et ma mère restait sur le rivage. Elle se mouvait seule parmi eux, lentement, avec un soupçon de gaucherie, comme s'il y avait eu en elle, et pas dans les deux autres, la perception flottante mais impérieuse de ce qui l'entourait. Le pré. Le soleil. Le silence. À plusieurs reprises, j'ai surpris son regard qui s'échappait, cette herbe au bout de ses doigts, les branches du frêne au-dessus d'elle, les taches de soleil qui se déplaçaient sur sa robe, cet oiseau, soudain, qui traversait le ciel.

Le ciel. Le ciel tout seul, la douceur de l'air, elle les absorbait, et son regard était d'une densité qui m'était inconnue. Pourtant elle souriait à Colette et à l'homme rougeaud. À un moment, elle s'est même écriée d'une voix assez forte « Mais comment tu peux dire ça, arrête tes histoires. » Elle s'est mise à rire, un rire clair et étrange, et son œil, de nouveau, aussitôt s'est échappé.

Cette fois-là derrière la haie, comme mon sang mécontent battait trop fort et m'empêchait de respirer, il m'avait suffi de pencher imperceptiblement la tête pour que, derrière la feuille d'un prunellier, le visage de ma mère disparût tout à fait. Aujourd'hui, la haie s'est évanouie.

Elle est là, devant moi. Le pré, comme une rivière ouverte clapotant à mes pieds, et elle, offerte au beau milieu, rincée de tout ce vert.

Cette femme espionnée dans l'herbe, avec son chignon perdu et ses yeux de ciel, je pensais ce jour-là qu'elle n'était pas ma mère, pas du tout ma mère. Aujourd'hui seulement, je sais que c'était elle, c'était aussi ma mère.

Avec la Petite Moi, nous sommes allongées toutes les trois dans l'eau verte du tapis de Thomas, avec nos corps, nos veines fourmillantes en un réseau soudain unique, offertes au beau milieu, rincées de tout ce vert.

Le lendemain, encore secouée, avec la persistante sensation d'un flottement, je reprends le chemin de la Salpêtrière. En arrivant à peine après dix heures, la salle est encore vide. Je souris à la conservatrice, pose mes affaires sur la table – à *ma* place –, et monte sur la coursive pour chercher Léontine.

Je recommence à noter. Le long de ma main, remontant bien au-delà du poignet, presque jusqu'au coude se réveillent, qui s'étaient endormis dans la nuit, les élancements aigus dont j'avais été saisie la veille en fin d'après-midi.

Le 27 décembre 1887, la malade a une attaque convulsive à six heures du soir avec grands mouvements et très vive agitation. Après cette attaque, elle se plaint de ressentir des douleurs dans l'épaule et le bras [...].

Pourquoi le nier ? La correspondance en miroir entre le corps de Léontine et le mien ne m'étonne à aucun moment. N'était-ce pas ce que la Petite Moi m'avait demandé ? De la laisser se couler sous ma peau ? À travers le tissu de ma veste en toile, je tâte le dessus de mon avant-bras. Ça ne fait pas vraiment mal, mais il y a comme une onde, à mi-chemin exactement entre la douleur et l'extase, qui fuse le long de mon os pour se frayer un chemin jusqu'au ventre.

Je me demande si ce n'est pas, d'une certaine façon, un sédiment hystérique qui viendrait jusqu'à moi, rampant à travers les siècles.

En ce printemps 1888, voici, tel que je peux l'imaginer, l'emploi du temps de Léontine : le jour, à partir de neuf heures et demie, heure du rendez-vous matinal avec le médecin, elle parle, s'exprime normalement. Mais la nuit, si par hasard elle vient à se réveiller, ses cordes vocales ne lui obéissent plus. La voix trop haute s'est envolée, contraignant la jeune fille à des chuchotis.

Le 10 mars, à quatre heures de l'après-midi, un nouvel accident de nature hystérique est venu s'ajouter aux arthralgies du membre supérieur droit : ce membre est incessamment agité de mouvements malléatoires de chorée rythmée. [...] Les accidents choréiques ont persisté jusqu'à la fin de juin 1888.

Juin 1888 : Jeanne entre à la Salpêtrière, au sein du même service, dirigé par La Tourette. Dans le dortoir où elle séjourne depuis des mois, la voisine de lit de Léontine vient de partir. Guérie ? Peut-être pas. Soumise, plutôt, passive, ou tout simplement morte. Ici les motifs de décès ne manquent pas. Cinquante-neuf causes différentes ont été recensées vingt-cinq ans plus tôt par M. Husson, directeur de l'Administration générale de l'Assistance publique : trente-huit causes sont physiques (parmi elles le viol, l'onanisme, le libertinage, l'alcoolisme), les autres morales (les mauvaises lectures, la nostalgie, mais aussi l'amour, mais aussi la joie).

Et c'est alors Jeanne aux yeux blessés qui vient remplacer dans la salle commune la malade disparue. Le médecin ne s'est pas encore prononcé sur le retrait de la cuirasse. *Demain. Nous verrons demain*, a lancé Carrel. Quelques heures, une nuit, Jeanne n'est plus à ça près. Elle sautille vers le lit, maladroite, monstrueuse dans sa cuirasse. Telle est la créature, de cuir et de fer, qui, dans l'ombre de la salle, s'approche de Léontine.

Le soir, dans leur lit côte à côte, alors que la nuit est loin d'être tombée, les deux jeunes femmes veillent sous leurs paupières, tandis que dans la salle surchauffée la surveillante passe entre les rangées pour tenter de couvrir de son autorité les éclats de voix furieux, les plaintes, les grognements, les pleurs, les hurlements. Dans un coin, certaines récitent sans fin leur chapelet, d'autres, exposées aux regards, se soulagent bruyamment dans des seaux. Chaleur suffocante du 30 juin. Odeurs des corps oubliés. Peur des autres, et peur de soi-même.

Et puis, avant le soir ? Ont-elles, malgré leurs diverses douleurs, travaillé tout le jour à l'asile ? Léontine, la couturière, est certainement mise à contribution, comme j'ai lu que c'était chose courante à l'hôpital, pour coudre des camisoles, des alèses, des tabliers, des fichus. Pendant que Léontine s'applique à un ourlet, je vois Jeanne, qui ne peut ouvrir les yeux, frotter sans fin dans l'eau brûlante les sous-vêtements souillés que personne ne veut regarder. Elles ne reçoivent pas de salaire car, je le suppose, *le travail fait partie de la thérapie*.

Léontine et Jeanne. Jeanne et Léontine.

Voilà un an, tout juste un an, que mon arrière-grand-mère est entrée à la Salpêtrière. Elle a dix-sept ans et demi.

Le 23 novembre 1888, Monsieur Charcot la présente à ses auditeurs pour une attaque de sommeil hystérique avec raideur qui dure depuis deux jours. [...]

Le 26 au soir, elle a une violente attaque convulsive à la suite de laquelle elle vient nous déclarer spontanément (27 au matin) que la vision s'est rétablie dans l'œil gauche. C'est la première fois depuis son entrée à l'hôpital que la vue se rétablit ainsi d'une façon spontanée, naturelle. [...]

Le 11 décembre la malade demande son exeat. Persistance du même état.

C'est fini. Elle va sortir.

À la lecture de ces lignes, il n'est pas vraiment certain qu'en ce 11 décembre 1888 Léontine se soit sentie guérie. Je comprends plutôt, comme le laisse deviner d'ailleurs la concision expéditive des notes de Damaye, qu'il est temps de mettre un terme à cette affaire. Noël approche, Léontine en a assez. Elle va avoir dix-huit ans. Il est l'heure de rentrer chez soi.

Je me réjouis pour elle, bien sûr, mais j'aimerais, je voudrais tellement la rattraper dans le corridor, tandis que, pour leur dire adieu, elle prend tour à tour dans ses bras ses compagnes d'infortune – Jeanne, la première, avec quelques larmes. Puis, se pressant autour d'elle, Hortense, Rosalie, Pauline, Hersilie, Augustine, Blanche…

S'échappant ce matin-là de l'hospice, son exeat en main, c'est tout autant à moi, son arrière-petite-fille, qu'à ces femmes que Léontine donne un congé définitif.

Et ce n'est pas, après l'exposé de Damaye, les commentaires de La Tourette qui m'apprendront ce qu'il advient d'elle après qu'elle a franchi les portes de la Salpêtrière. Ses commentaires ne font que démontrer par $a + b$ la nature proprement hystérique du blépharospasme de Léontine L.

Il n'y a rien d'autre.

*As-tu ton exeat ? Qui te l'a signé, le docteur Damaye ? Montre. Il faut me le donner afin que je le signe. Tiens, voilà tes affaires. Un fichu usagé, taché, une lettre et un peigne. Eh bien, quel trésor, ma belle ! Un pendentif ? Un petit pendentif aussi, dis-tu ? Je ne sais pas. Je n'ai pas ça ici. Ça n'est pas indiqué sur la liste des effets personnels, je ne vois ça nulle part, il n'y a aucun pendentif. Mais non, n'insiste pas, il n'y a rien du tout. Tu dois partir maintenant, d'autres attendent, derrière toi, tu ne comprends pas, il faut partir, il faut t'en aller. Depuis combien de temps es-tu là avec nous ? Allons, n'as-tu pas hâte de rentrer chez ta mère ?*

Mais où va-t-elle ? Léontine franchit le portail de la Salpêtrière, sa robe noire flottant lourdement autour de ses jambes amaigries, elle serre entre ses doigts le fichu bleu, l'enveloppe, le peigne et le pendentif disparu, elle est sur le point de s'évaporer, là, au coin du boulevard de l'Hôpital.

Le 11 décembre 1888, je perds la trace de la Petite Moi.

Je sais seulement que, plus tard, elle aura un enfant, même si j'ignore avec qui. J'ai beau essayer de me souvenir du prénom de mon arrière-grand-père, rien ne vient. Je ne l'ai sans doute jamais su. La Petite Moi se mariera, oui, elle aura un garçon. Peut-être des filles, aussi, une tripotée de filles. Mais au moins un garçon. Elle l'appellera Pierre, et Pierre grandira. Sa femme, dans la maison jaune, au-dessus de la commode de leur chambre accrochera bientôt son portrait sévère. Pierre aura un seul enfant de Marthe, cet enfant sera mon père, et mon père disparaîtra, aussi mystérieux, aussi invisible que l'homme que Léontine a dû épouser.

La photo dans le cadre d'argent de ma grand-mère resurgit dans ma mémoire, et tout en rangeant mes affaires dans la bibliothèque, je comprends qui était cet enfant sur la table de nuit. Comment n'y avais-je pas pensé ? Comment est-ce possible ? Je revois son visage. Je n'avais pu l'oublier, finalement.

Et il me semble que, oui, je ressemble à mon père.

Tandis que je mâchonne un nouveau sandwich au jambon, à quelque distance de la clinique des Maladies du système nerveux, une question ne cesse de me préoccuper. Et Charcot ? Quel a bien pu être le commentaire de Charcot sur le cas de Léontine L. lorsque, comme l'indique Damaye, il lui a consacré une *leçon du mardi*, un peu moins de trois semaines avant sa sortie de l'asile ? L'a-t-il tenue dans ses bras et palpée, tout endormie qu'elle paraissait être ce jour-là, a-t-il actionné son corps comme celui d'une marionnette, cet homme à la mine austère qui, sur la reproduction du tableau de Brouillet, se dressait tout à l'heure devant moi à l'autre bout de la salle de lecture ?

Ces leçons, telles que le Maître les a, en quelque sorte, déclamées, ont été intégralement retranscrites par ses élèves dont faisait alors partie, je crois, son fils Jean-Baptiste. Récemment, l'ensemble a été numérisé. Ce qui signifie qu'il peut être consulté sur Internet. Il serait donc aisé de retrouver la leçon qui m'intéresse. À ce stade des recherches, il me semble que j'ai pris tant d'assurance qu'avec l'aide de la conservatrice rien ne me sera impossible. J'ai la date. Cela ne sera pas si difficile.

Leçons du mardi à la Salpêtrière : policlinique, 1887-1889.

Après que le document a été, comme prévu, installé sur l'écran par la secourable bibliothécaire, je me mets à en tourner virtuellement les pages, ce qui se révèle étonnamment facile.

Au bout de quelques minutes pourtant, force m'est de constater que la date du mardi 23 novembre 1888 n'a jamais existé. Si j'ai bien calculé, le 23 novembre, cette année-là, tombe un vendredi. Je finis par supposer que celle qui m'intéresse est la quatrième leçon, en date du mardi 13 novembre. Car ce jour-là Charcot a bel et bien présenté devant ses auditeurs une malade atteinte de sommeil hystérique. Damaye a dû mal s'appliquer, et à l'imprimerie son 1 maladroit se transformer en 2.

Le compte rendu de la séance débute ainsi :

M. Charcot :

« La malade qui vient d'être placée sous vos yeux est, suivant le langage usité dans cet hospice, ce qu'on appelle une "dormeuse". En effet, cette malade dort – si cela peut s'appeler dormir – depuis le 1er novembre dernier, c'est-à-dire depuis douze jours. En réalité, elle n'a pas depuis ce temps-là cessé de dormir, à sa manière bien entendu, nuit et jour, sans se réveiller jamais et il y a quelques bonnes raisons de croire qu'elle ne se réveillera pas de sitôt. […] Elle est entrée à la Salpêtrière en 1862, il y a vingt-six ans de cela, elle avait alors vingt-sept ans, elle en a maintenant cinquante-trois […]. »

Je me suis donc trompée. Mais tout de même, vingt-six ans à la Salpêtrière ! La moitié d'une existence ? Comment cela est-il possible ?

Plus loin, à la treizième leçon, je tombe enfin sur un cas qui pourrait correspondre à celui de Léontine – une jeune fille, dont le nom n'est malheureusement jamais révélé, âgée de seize ans, « dormeuse », et que le professeur, exactement comme l'indique Damaye dans son rapport lu la veille, a réveillée par pression de la zone hystérogène qu'elle porte dans le flanc gauche. [...] M. Charcot s'approche du lit où est couchée la malade : il appuie sur le flanc gauche de celle-ci, mis à nu, un peu au-dessus du pli de l'aine, l'extrémité des quatre doigts étendus de sa main droite qu'il dirige vers le petit bassin, en exerçant une compression progressivement croissante de la paroi abdominale. Bientôt la malade pousse un cri perçant, ouvre les yeux, et aussitôt commence une attaque convulsive. [...]

M. Charcot, qui n'a pas cessé de maintenir la main sur la région ovarienne gauche, s'adressant à l'auditoire :

« Ce n'est pas là, messieurs, tout à fait ce que je voulais produire." [...] »

Mais le 5 février 1889, Léontine est censée avoir quitté la Salpêtrière depuis bientôt deux mois… J'en arrive à la conclusion que Damaye s'est tout bonnement trompé de date, de patiente, ou des deux tout en même temps. Je m'étonne un peu, en y repensant, que Léontine ait été tout à coup sujette à des crises de sommeil, accidents peu significatifs dans l'évolution de sa maladie. Jamais auparavant Damaye n'avait évoqué un événement de cet ordre.

Mais Charcot ou non, après tout.

Pourtant si, cela a son importance, Charcot ou non. Il y a quelque chose, finalement, dans cette treizième leçon. Un écho, un battement presque imperceptible. Je laisse devant moi ondoyer les images, dériver les mots qui s'évaporent, que Léontine essaie de me dire. Je n'entends pas ses paroles, car ce ne sont pas des paroles. Je ferme les yeux. Une contracture étrange apparaît dans mon ventre, très basse, très sourde. Très forte. Qu'est-ce que c'est que cette histoire de sommeil hystérique ? Cet évanouissement artificiel ?

Je repense à Thomas, étendu sans conscience au bord du lit de la rivière, et plus tard dans notre lit à nous, au renouvellement de l'évanouissement sensuel qu'il m'y avait offert si souvent, comme autant de caresses morbides. D'où vient tout cela dans ma vie ?

Je vois la jeune fille des leçons de Charcot, blanche aux longs cheveux noirs enroulés, sur le lit de la Salpêtrière, cette fois. Il y a cet homme penché sur elle, palpant ses ovaires, je ne le vois pas, en vérité, cet homme, sous mes paupières closes je devine seulement sa présence. Sa masse sombre. À ses côtés, ce corps alangui dans les ondes claires du tissu. Je le connais, ce corps. Je les connais tous les deux.

L'homme. La fille aux longs cheveux. Ils me reviennent. Derrière mes paupières, des images se précisent, s'animent, coulent jusqu'à mon estomac, puis grondantes remontent le long de mon œsophage, tel un flot noir que je régurgite, vrombissant, bien plus puissant que moi. J'ignore d'où ça vient, mais ça vient furieusement, et tout en même temps je sens la présence, dans la lumière fragile, de ce menton levé, de ces mâchoires serrées. On me dévisage.

Ça n'est plus Léontine, non, celle qui est là, les yeux écarquillés, acharnée, qui est devant moi debout, sortie du kraft, jaillie de ma poche, frémissant comme un animal, me criant *enfin* en un ouragan minuscule, c'est elle.

Dans sa pauvre robe pâlie, elle me voit vomir. C'est pour être le témoin de ce qui, à l'instant, va se passer qu'inexplicablement bouleversante la Petite Moi est sortie de l'enveloppe, je le sais, ce jour-là à Grand Paradis.

Assise devant l'écran de l'ordinateur, je m'efforce de respirer, les yeux fermés. Tremblotantes au début, les images chahutées se stabilisent, les bruits se taisent.

Voilà.

La porte de la chambre n'est pas fermée, pas tout à fait. Rien ne bouge. Je me tiens là, contre la porte, presque plaquée contre le bois que les mains de la famille ont lustré au long des années. Je n'entends plus le grésillement de la cuisine. Je n'entends plus maman. Parce qu'il y a quelque chose d'autre, là derrière. Je ne sais pas ce que c'est. Je ne sais pas et je veux savoir.

Mes yeux plongent dans la rainure de la porte : la chambre en un ruban vertical.

Tout d'abord, que je connais si bien, le vieux fauteuil bleu, le coffre de jouets avec lesquels on ne joue plus, comme une benne où les choses se perdent. L'armoire à glace dont la porte est, comme toujours, mal fermée. Répandus à tout-va sur la moquette brune, les vêtements de fille, les illustrés bariolés aux couvertures à demi arrachées. Devant la fenêtre qui ne donne sur rien, les rideaux de jute à motifs verts sont mal tirés. La pénombre aquatique des jours sans relief.

Mes yeux sont fichés dans la chambre et, à force de m'y précipiter, ma chair commence à disparaître. Je sais que je suis petite, je suis trop petite. Ça sent des brassées de sommeil, là-dedans, l'air surchauffé et le lit bien sûr, le vieux lit et la sueur noire. Ça fait tourner la tête.

Une fille à longue chevelure est allongée là. Elle a chaud, me dis-je, car le drap et la couverture sont poussés de côté, embrouillés. On dirait, tous ces plis, le dessin d'une rivière blanche. Une silhouette obscure est penchée sur elle. Pas vraiment une silhouette, mais un dos noir qui ressemble à un monticule, un entassement. Ce monticule semble immobile, mais il ne l'est pas tout à fait. Il est prolongé d'un bras, d'une main, et la main est dans la chemise de nuit. Le visage de ma sœur est basculé vers l'arrière, je vois ses yeux. Ils sont fermés.

Elle dort, Marie, me dis-je. Elle aime dormir, à toute heure du jour elle se couche et s'assoupit, ma mère s'énerve, à douze ans on ne dort pas comme ça, on ne fait plus la sieste. Ses yeux sont fermés, je les fixe à travers la rainure. Mais non, tiens, pas tout à fait clos. Pas vraiment immobiles. Ils cillent. Oh, si peu, imperceptiblement, moi seule peux le voir, le sentir, je suis petite, mais je connais les mensonges. Moi aussi, je fais semblant de dormir quand maman arrive dans la chambre, se penche en silence vers moi au-dessus du lit, me faisant respirer son haleine. Mes paupières. Je sais les déplisser, les faire s'évanouir pour apaiser ma mère.

Mais Marie. Elle n'y arrive pas si bien. C'est ce bras ondulant, sûrement, qui la gêne.

La porte est lourde, entrouverte, qui ne grince jamais, je le sais. Je sais tout de même des choses. Sans me déplacer, je la presse légèrement du bout des doigts, pourquoi n'entré-je pas ? Je n'entre pas. Pas encore.

Dans ma main droite je serre un objet, il me semble, un jouet, n'est-ce pas ce canard en caoutchouc usé que je trimballe toujours avec moi ? J'attends que quelque chose se passe. Un signe.

Du monticule noir s'écoulent des sifflements étranges.

L'œil de Marie. Son orbite roule de droite à gauche, je devine qu'elle a pris peur, maintenant, elle ne sait comment faire, ne contrôle plus le frémissement de ses paupières. Elle se trompe, ça n'est pas comme ça qu'il faut dormir. Elle sera punie de ne pas savoir. De feindre seulement la sagesse.

Je pousse la porte, j'entre. Un tout petit peu, je m'avance.

Mes pas. Mon bruit. Ma petitesse qui devient grande, bêtement grande, encombrante. Marie ouvre les yeux, aussitôt vers moi, comme si elle savait, depuis le début, savait que j'étais là. Je vois bien qu'elle est furieuse, ses sourcils, sa bouche. Le monticule pivote, s'élève, grandit, je crois qu'il va tomber sur moi, s'écrouler, qui est ce noir, ce regard ? Mais il n'y a rien. Un éclair, un trou de lumière, comme un phare au fond d'une grotte.

Et à ce moment de panique je surprends soudain, dans la glace de l'armoire mal fermée de cette chambre à demi obscure, mon reflet brouillé de petite fille en robe claire. Je lui lance un regard d'effroi, un cri muet, je voudrais qu'elle me sauve, cette petite fille de la glace, qu'elle m'aide à m'évaporer, et puis rien. Plus rien.

Même Charcot a disparu.

Cette image que j'étais sur le point de retrouver de mon père, je m'y agrippe et pourtant elle pâlit, s'enfuit, se dissout. Celle, stupide, de Charcot se supcrpose à elle. Plus rien ne subsiste du visage de l'homme qui, comme se brûlant, prestement a retiré sa main. Je revois le geste, celui d'une bête, et Charcot, encore, avec ses airs de Napoléon goguenard. Je ne vois pas mon père, mais le médecin bavard en représentation devant ses élèves. « Ce n'est pas là, messieurs, tout à fait ce que je voulais produire... »

Je suis seulement là, dans la bibliothèque, figée, la tête levée un peu plus haut que l'écran de l'ordinateur, sans rien voir. J'ai laissé partir le visage, le corps de mon père. Il ne me reste que, frémissante, la haine de Marie, Marie que j'ai trahie à jamais en entrant dans sa chambre, cet après-midi-là.

À côté du clavier, arrivée là je ne sais comment, la première photo est posée bien à plat, avec ses yeux noirs. La Petite Moi est presque essoufflée, presque autant que moi. Que faire après ça, ce souvenir remonté du ventre ? Je me penche vers elle, sans savoir toujours comment respirer, comment comprendre. Mon sang, lui, bat si fort dans mon cou que j'ai peur que soudain il se mette à gicler.

*Mais si*, me dit l'enfant. *Ta sœur, qui te hait. Ton père, qui s'enfuit. Et toi, Do, au milieu de ça, ayant tout brisé sans savoir. Tu vois bien ?*

Et sans me lâcher du regard, elle continue :

*Et puis moi ?*

Et quoi, toi ? Toi, sur ta photo, ta robe, ton œillet, tes bottines ?… Que veux-tu, que veux-tu dire ?… Pourquoi ? Mais pourtant tu te tiens là, exactement… exactement semblable !

Alors je vois soudain, comme une collision, je comprends sa présence en moi et ma folle fascination pour elle. Là, le reflet dans la glace, éberlué, serrant dans sa main un canard de caoutchouc rose ! Dominique, la petite fille entrée dans la chambre ! Les images, enfin, se superposent. Avec son œillet fané, son regard rempli d'effroi, la Petite Moi, depuis le début, la Petite Moi est ce reflet-là.

En arrivant rue Raymond-Losserand, je prends une douche. La fraîcheur et la violence de l'eau me font du bien. Je pleure sans faire exprès et me lave les cheveux avec le shampooing de la femme de Thomas. Il sent une odeur de fruits, un nouvel hybride industriel, entre la pomme et le melon vert. Je laisse mon eau salée se mouiller dans la tiédeur apprivoisée de la douche. Mes cheveux ondulent sur ma poitrine. Je presse sur mon crâne un peu d'une crème blanche démêlante aux relents de vanille. Sur ma nuque s'enroule aussitôt une liane épaisse et visqueuse, poignée de couleuvres douces glissée dans mon cou.

Sur la table de la cuisine sont étalées les trois photos. Enroulée dans ma serviette je trouve la force de les regarder, l'une après l'autre.

Les yeux noirs de l'enfant du miroir, le col en dentelle alanguie, le clin d'œil de Léontine.

La Petite Moi est avec moi. Mais elle n'est pas *moi*. En tout cas elle ne l'est plus. Elle est sortie de mon corps.

Un instant, il me semble qu'elle s'assoupit, l'œillet-canard dans sa main a glissé, rose, jusqu'au sol, une mollesse se répand dans ses bras, sous la peau tiède. Sa peau est vivante, vraiment, il y a du battement au-dedans.

Dans sa robe, sous le tissu assoupli par le temps, elle a tenu plus d'un siècle devant la glace de l'armoire, debout, sans ciller. Alors il est l'heure de dormir, pour les petites filles. Je lui caresse les cheveux, les épaules, les bras, lentement, du bout de mon doigt. Pour la bercer je lui chantonne un air qui me revient, un air ridicule et doux. Pourquoi n'ai-je pas eu d'enfant, j'aurais su être une mère. Mais voilà qu'elle est arrivée, sortie de mon corps, sur la table, une enfant minuscule et vraie, échappée à jamais du reflet.

Le soleil du soir rentre par la fenêtre, réveillant la poussière qui flottait dans l'air. Le feu d'artifice domestique. Je me lève. Je marche un peu dans le salon, mes pieds sont lourds et légers, le parquet grince en dessous, c'est facile de marcher.

Je sens bien que quelque chose s'achève, un morceau de l'enfance sans doute, car, avec le souvenir vomi, s'emboîtent et s'expliquent tellement d'événements de ma vie. Après ce qui s'est passé à la bibliothèque, quel être puis-je donc devenir ? En suis-je grandie, rapetissée, maintenant que, comme ma sœur, je comprends pourquoi mon père s'est enfui ? Suis-je, enfin, une *personne normale* ?

Je ne sais pas. Je suis juste un peu engourdie. Soulagée, aussi. Cette vision transforme la coloration de mon corps. J'étais translucide, je crois, d'une blancheur cassée transparente. La lettre de ma mère m'a couverte d'un mucus vert de créature aquatique, m'en donnant la vigueur poissonneuse, et enfin le souvenir de la chambre, avec la Petite Moi dans la glace, vient me rendre une autre couleur, je crois qu'elle est de la chair, et des pulsations du sang.

Je vais dîner, maintenant, puis aller me coucher. Je suis si fatiguée. Demain, je reprends le train, je rentre chez moi, je veux voir si tout de suite mon chat me reconnaît.

Juste avant de m'allonger sur le canapé bleu, je retourne la première photo. Derrière, quelqu'un un jour avait écrit :

*Moi*

Il faut parfois un long chemin, une longue rivière, pour comprendre le sens des mots.

Et puis à peine une semaine plus tard, Marie me téléphone.

Si elle ne l'avait pas fait d'elle-même, j'aurais peut-être fini par me mettre à la chercher, fouillant de fond en comble, et pour la première fois, le moindre recoin de la ville. Mais le téléphone sonne, je décroche, et c'est elle.

Juste au sortir des jours où tant de choses ont changé, surgissant du passé sous une lumière nouvelle, les rêves, les secrets, les couleurs, à ce moment précis, Marie me téléphone.

Je ne savais même pas qu'elle avait mon numéro.

«Viens», me dit-elle.

Sa voix est bizarre.

«Viens.»

Mais viens où ? Jamais elle ne m'a invitée chez elle.

Cet après-midi-là, au téléphone, elle me donne son adresse sans hésiter. C'est au bout de la rue des Bébés-Gris, assez loin en réalité du quartier où je croyais l'avoir localisée. Les bébés gris. Je n'ai jamais su d'où venait ce nom. Un choix macabre dont on m'a assuré un jour qu'il évoquait des phoques égarés, échoués par hasard le long de la plage, ou bien de jeunes goélands au plumage immature, plutôt que des nouveau-nés noyés, à la peau boursouflée. Peut-être bien.

Après son appel, je reste immobile, assise sur mon lit.

Quand je commence à avoir froid dans ma chemise de nuit, je décide de me lever. J'ai dormi tard ce matin, traîné à lire et à rêvasser dans mon lit. Je n'ai pas faim.

Je ne suis pas encore retournée à la boutique, il me reste encore quelques jours de vacances et je commence à en avoir assez. Le plus souvent, je ne fais pas grand-chose quand je ne travaille pas. Je lis, grignote des tranches de pain grillées. Je m'occupe de mes plantes. Il y a trop de plantes, ici.

Fragile vomit de l'herbe-à-chat dans la cuisine, ayant repris ses bonnes habitudes après son court séjour chez une voisine. C'est un chat en pleine forme, m'a-t-elle assuré lorsque je suis revenue le chercher. En me voyant, il s'est péniblement étiré et a poussé un miaulement pitoyable qui nous a fait rire toutes les deux. Fragile mérite un bon coup de pied au derrière, c'est vrai, mais Fragile vient sous mes draps, ronronne et ronfle sa douce mollesse dans mon cou. Fragile est l'être tendre qui, depuis des années, m'attend le soir.

Je n'ai pas la force de prendre une douche. J'enfile ma jupe verte et un col roulé, et je m'en vais à pied jusqu'à cette rue des Bébés-Gris. Nous sommes à la mi-mai et il fait étonnamment frais pour la saison. Depuis que je suis rentrée de Paris j'ai l'impression de ne pouvoir me réchauffer. Je mets mon manteau, et même une écharpe légère car, par la fenêtre, je vois qu'il y a du vent.

Avant de sortir, je glisse dans ma poche la première photo. Je ne compte pas la rendre à Marie, bien sûr. Je ne compte rien faire de bien précis, en vérité.

Sur le chemin je commence à trembler. Je n'ai pas peur. Je ne tremble peut-être que de froid. Le vent en rafales s'engouffre dans la rue, jusque dans mon manteau, dans mes oreilles, dans ma bouche. Il y a quelque chose qui n'est pas tout à fait normal avec la météo.

J'arrive devant son immeuble, au numéro 18. Une construction des années soixante, pataude, beigeasse, sans intérêt. On est loin de la mer, loin de la plupart des commerces, loin de tout. Au coin, j'aperçois les lumières d'un tabac ouvert tard le soir.

Elle m'a dit : Troisième étage à droite. La cage d'escalier est remplie d'une odeur exotique et chaude, un peu écœurante.

L'ascenseur est en panne, je monte à pied, toujours transie, même à l'intérieur de l'immeuble. Lorsque j'arrive devant la porte, je remarque qu'elle est entrouverte. Je la pousse légèrement du bout du pied. J'avance ma main vers la sonnette, puis je m'aperçois qu'elle est cassée. Le bouton a été arraché. Un nom est gribouillé en dessous, directement sur la peinture, mais je ne parviens pas à le déchiffrer.

L'odeur. Curieusement, l'odeur m'empêche d'avoir une attitude normale. Les effluves exotiques de viande épicée ont laissé place à une vague bien plus intense. Je n'ai pas très envie d'en parler. Je ne saurais pas le faire, à vrai dire. L'odeur, depuis cette minute, s'est fait une place dans mes sinus, dans mon cerveau, comme un animal vivant, il me semble que jamais plus je ne pourrai l'en déloger.

La lumière de l'escalier s'éteint, je ne la rallume pas. Simplement et doucement je pousse une nouvelle fois le battant avec ma chaussure, il s'ouvre un peu plus, frôlant au passage les enveloppes fermées et salies de semaines de courrier que personne n'a ramassé. La puanteur est devenue plus intense encore. Je recule d'un pas et mon tremblement cesse.

Je tourne la tête vers les marches de l'escalier et pince les lèvres en bloquant un instant ma respiration. Je pense soudain à la Salpêtrière, l'odeur des salles communes, l'urine, la pourriture, l'odeur de merde, l'odeur des folles. Le parfum de la douleur. Elle est là, la souffrance des femmes, avec Marie. Je voudrais m'enfuir, dévaler les marches vers l'air frais du dehors. Je n'en ai pas la force.

J'entends sa voix. Elle m'appelle.

«Dominique… C'est toi?»

Je reste immobile. Au loin, on croit entendre la mer, mais bien sûr ce n'est pas possible.

«*Do.*»

Ce surnom, qui est le mien, ce surnom me met mal à l'aise.

Mais il ne faut pas, il ne faut plus, rester derrière la porte à avoir peur de voir, et peur de comprendre. Il faut grandir. Entrer.

En bas, un homme vient de pénétrer dans l'immeuble et peste bruyamment contre l'ascenseur immobilisé. Des pas lourds se mettent à monter vers moi. Avec un claquement sec, la lumière crue réenvahit l'espace. Une sorte de panique me prend, comme si je me trouvais en faute dans cet immeuble étranger. J'ouvre plus franchement la porte, sans toutefois la toucher de la main, et fais un pas à l'intérieur.

Je ne veux pas refermer derrière moi. Peut-être la porte reste-t-elle, ici, ouverte en permanence ? Ça ne m'étonnerait pas. En tout cas, en aucune manière je ne pourrais prendre l'initiative de la clore moi-même. M'enfermer ici avec elles. Avec cette odeur. Et avec Marie.

*Odeur*. Il faudrait répéter ce mot sans faiblir. Ou bien il faudrait l'oublier, oublier jusqu'au mot, odeur comme une arme qui, blessant le corps, renverserait la raison.

Sur la droite se devine, dans la pénombre, une pièce de taille moyenne. Dehors, malgré le temps couvert il ne fait pas encore nuit mais les rideaux sont complètement tirés. La principale source de lumière est celle, clignotante, d'une petite télévision dont le son est coupé. J'avale ma salive, rentre le menton, et j'avance.

Dans cette pièce, qui visiblement sert à la fois de cuisine, de chambre et de salon, règne un désordre indescriptible. Ça n'a rien à voir avec du désordre, en réalité. La pièce est un animal dont j'aurais sous les yeux, et d'un seul coup, tous les ossements secrets, le moindre organe interne. Même si je ne m'attendais pas à trouver un trois-pièces coquet et bien ordonné, je reste abasourdie devant cet amoncellement incompréhensible d'objets. Des bouteilles surtout, mais aussi des journaux, des ustensiles de cuisine, des cartons, beaucoup de cartons, des livres en mauvais état, des monceaux de vêtements éparpillés. À vue de nez, mais mon nez ne voit pas grand-chose, de quoi habiller une trentaine de personnes. Nulle part ou presque ne se laisse deviner la nature du sol. Un peu plus loin se dessine la silhouette d'un vieux frigo ouvert, qui doit tenir lieu de placard, et celle d'un portemanteau cassé qui appartenait autrefois à notre grand-mère Marthe. Près de la porte, appuyée contre le mur et recouverte en partie d'une vieille couverture, je reconnais la petite carriole du *Crocodile*.

Des choses. Des murailles de choses qui ont perdu toute identité. À la lueur vacillante du téléviseur elles paraissent faire partie d'un même ensemble, on jurerait un être animé d'une vie propre, prêt à bondir et à rapetisser pour, soudain, s'élever jusqu'au plafond et disparaître. Ici et là, je repère d'étroits sentiers ménagés pour permettre, malgré tout, de se déplacer à travers le chaos.

Je cherche du regard quelque chose d'humain. Au mur, finalement, je trouve le portrait. Tracé à l'encre brune, c'est mon grand-père. Son visage sévère me scrute de loin depuis des années, je le comprends maintenant. Je n'avais pas voulu de lui, je l'ai dit, j'ai tout refusé du maigre bric-à-brac qui m'a été échu à la mort de ma mère. Même lui, qui m'avait vue saisir, pleine d'espoir, le cadre argenté avec la photo de son fils, je l'ai dédaigné. C'est pourtant sa présence sur le mur qui me rassure ce jour-là.

Je devine la présence de Marie, allongée sur le lit le long du mur. Je n'ai rien mangé depuis la veille, je crois que je vais tomber. Tentant de m'approcher de la fenêtre pour l'ouvrir, ou tout au moins en écarter les rideaux, je fais s'entrechoquer du verre, alors je reste sans bouger.

« Do, donne-moi à boire. »

Sa voix est fatiguée, distordue, mais moins qu'on pourrait le craindre.

« Donne-moi à boire ! »

Je me penche de nouveau en avant, tâtonnant à la recherche d'une bouteille qui ne soit pas vide. Je ne trouve rien. Les choses se sont fondues entre elles, soudées pour qu'aucune ne conserve plus ni aspect ni fonction propres.

« … Où est-ce… Où est-ce que tu… ? »

Elle grogne une réponse inintelligible. Je pense à allumer la lumière pour m'aider mais, plus encore que tout le reste, la clarté me fait peur. C'est sans doute pourquoi Marie vit dans la pénombre. Pour ne rien voir de tout ça. Mes doigts effrayés rencontrent quelque chose de mou, de gluant, je ne peux réprimer un gémissement. Sans le vouloir, j'ai fait s'écrouler une pile de livres, et même une assiette qui, par miracle, rebondit sans se briser.

Au fond, sur la gauche, se détache vaguement la forme d'un évier. Je m'en approche à grand-peine. Il est rempli de vaisselle, de journaux, de nourriture séchée ou moisie. Je déniche une tasse à peu près propre : celle avec les faisans, dans laquelle chaque matin, petite, Marie buvait son chocolat dans l'appartement de la Petite-Quille. Elle l'a gardée. J'y fais couler un filet d'eau et me dirige à tâtons vers le lit. Mes yeux s'accoutument peu à peu à l'obscurité mouvante.

Marie est allongée sur le lit le long du mur, sur un matelas sale et sans draps. Les mains posées sur le ventre, elle gît, comme une morte déjà. Elle porte un caleçon moulant noir sous la même robe grise que la dernière fois. Depuis quand a-t-elle abandonné les vêtements éparpillés sur le sol ?

Comme je m'approche du lit, l'odeur se fait plus forte, sur la mer il y a des vagues, d'abominables vagues qui donnent envie de vomir, de frapper. J'ai un haut-le-cœur. Je dois m'arrêter, trouver un appui. Un peu d'eau coule de la tasse sur ma main. De l'eau tiède qui, depuis des jours, stagne dans les tuyaux.

Le visage de mon grand-père sur le mur et la présence de la Petite Moi dans la poche de mon manteau me font me ressaisir.

« Do ! Qu'est-ce que… *Qu'est-ce que tu fais* ?

– Je viens. »

Elle soulève la tête au-dessus du lit et la tourne dans ma direction, nos regards se croisent. J'approche la tasse de ses lèvres, elle s'efforce de décoller davantage son crâne du matelas. Je voudrais l'aider, mais je ne peux pas. Lorsque le liquide parvient jusqu'à sa bouche, elle comprend que ce n'est que de l'eau et la laisse dégouliner le long de son menton.

« Mais… qu'est-ce que c'est que ce truc ?…. Qu'est-ce que tu m'as donné ? »

Les yeux de Marie sont grands ouverts, tournés vers le plafond. Sa voix est molle, déformée, ses mains violacées, ses bras parcourus de tremblements. À côté du lit, je repère un emplacement un peu dégagé et m'y accroupis sans bruit.

« Je t'ai donné à boire. Tu ne veux pas un oreiller ? Il y en a un, là. Tu ne dois pas être très bien comme ça. »

Je demande aussi si elle a vu un médecin, elle marmonne, je ne comprends rien. Ça n'a pas d'importance. Je n'insiste pas. Je crois qu'elle dit « Il ne pourrait soigner que toi. »

Alors vient l'enveloppe, il faut bien y venir, à l'enveloppe.

Lentement, je commence à raconter ce que j'ai trouvé sur Léontine. Je m'en tiens aux grandes lignes, mais finis par lui rapporter l'essentiel de ce que Damaye a consigné dans la *Nouvelle Iconographie*.

Marie se tait, hébétée, j'ai l'impression qu'elle ne comprend pas vraiment, mes mots errant comme des insectes au bord de sa conscience. Nous restons toutes les deux quelques instants silencieuses. Sa respiration est irrégulière, difficile. Enfin, et avec effort, elle fait pivoter sa tête vers moi. Dans ses yeux, je crois discerner une sorte de désarroi. Puis sa voix s'élève, elle tousse et se met à rire, un lugubre rire forcé. Son ventre gonflé se soulève douloureusement. Sa peau est rouge, partout, de la figure aux bras. Des larmes de fatigue roulent le long de ses joues.

« Qu'est-ce que c'est que cette histoire ?... De quoi, de quelles photos est-ce que tu parles, Do, de quelle... de quelle enveloppe, quelle *Léontine*, à la fin ? »

Je plonge ma main dans ma poche. Sans réfléchir, je sors la Petite Moi, je la lui tends. Je ne veux pas qu'elle la touche, mais elle peut la regarder. Ça ne lui dit rien ? Dans son œil, malgré son état, renaît cette lumière aiguë, cet éclat verdâtre qui, si souvent, a su me tenir à distance. Mais cette fois, décollant mes talons du sol, je me penche vers elle. Malgré l'odeur des folles, à l'intérieur, qui me laboure, malgré ce qu'elle va peut-être me dire.

« Ce truc, mais je ne sais pas du tout ce que c'est ! Ça n'est pas à moi, ça n'est pas à maman. Et *ça n'est pas à toi.* »

Elle s'interrompt pour tousser.

« Mais tu veux savoir d'où elles viennent, et à qui elles sont, tes images ? »

Je ne réponds pas.

« Tu le sais ? s'écrie-t-elle avec une sorte de désespoir.

– Non, non. Dis-le-moi, si tu veux. »

Je suis calme. Mes deux mains sont posées sur mes genoux, la Petite Moi, retournée dans mon manteau, tranquille, dans le noir.

« À la carriole ! Elles sont *à la carriole* ! J'ai trouvé ce vieux machin rue Frère-Octave, sur le trottoir. Ça roulait encore à peu près. Je me suis dit que ça serait pratique pour transporter des affaires... À ce moment-là, je n'avais pas tellement envie que tu viennes jusqu'ici... Et au fond de la charrette, il restait sûrement quelques papiers collés, qu'est-ce que ça pouvait faire, quelques trucs salis que j'ai laissés. Peut-être bien une enveloppe, oui, marquée Léontine ou ce que tu voudras... Pourquoi est-ce que j'aurais pris la peine de tout nettoyer? Notre vie... la tienne aussi, Do... comme le reste, elle est restée collée au fond du cageot. Je ne sais rien de cette enveloppe, Dominique, de cette Léontine, tu vois bien. Ça n'est *pas* ton arrière-grand-mère.»

Sa tirade l'a essoufflée. Elle s'arrête pour voir ma figure en faisant un effort terrible pour soulever un peu sa tête du lit. Je penche la mienne de côté, essayant de me rappeler, de retrouver mon geste dans la nuit du *Crocodile*.

L'ombre près du lampadaire. J'approche ma main. L'enveloppe... le prénom violet dessus. Je la vole. Un éclair, et elle s'engouffre dans ma poche. Alors, ça me revient maintenant, il y a eu cet accroc, cette résistance, parce que l'humidité a fait adhérer le papier au vieux bois de la carriole. L'enveloppe, Marie a raison, l'enveloppe appartenait à la carriole. Et quelqu'un, Dieu sait pourquoi et Dieu sait quand, avait glissé ces trois photos dedans.

Je ne bouge pas.

J'avale ma salive sans doute trop bruyamment, car Marie cille. Son visage défait s'anime par soubresauts. Une larme de salive mousseuse et grise coule des commissures de ses lèvres. Elle reprend la parole après s'être raclé la gorge, on dirait que quelque chose de vivant va lui jaillir de la bouche.

«*Léontine*, tu dis? Je crois plutôt me rappeler quelque chose comme Léonie, ou Léone, non? Tu dérailles, ma petite. Tout ça, c'est n'importe quoi, tu vois bien... Tu t'es précipitée là-dedans... Tu ramasses un débris, mais enfin, Do, tu en fais aussitôt ton arrière-grand-mère?»

De nouveau, elle s'esclaffe brièvement. Je vois ses dents.

Bizarrement, je ne sens plus l'odeur. La mer, à cet instant, s'est tout à fait retirée. Loin, là-bas, derrière l'horizon et tout autour de nous ne subsiste qu'une vaste étendue de sable détrempé. En réfléchissant à ce qu'elle vient de me dire, je réalise soudain que, de toute façon, une jeune fille, à moins d'être fille mère, ne porte pas le même nom que celui de ses enfants, et donc de ses arrière-petits-enfants. Elle se marie, voilà. Alors, alors Léontine L. ne s'appelle pas Lenoir. Comment n'y ai-je pas pensé plus tôt ? Peut-être parce que ça n'avait pas d'importance, après tout.

C'est le moment, me dis-je. C'est pour ça que j'ai accepté de venir jusqu'ici, non ? Pour ça autant que pour Léontine. Il ne faut pas laisser Marie me déstabiliser. Je prends ma respiration, essaie de ne pas trop bafouiller.

« Oui, tu n'as peut-être pas tort… Mais il y avait pourtant une raison pour que cette enveloppe me revienne ce soir-là. Il y avait une autre raison, je l'ai compris plus tard. Alors l'histoire, c'est une bonne chose que je te l'aie racontée quand même, parce que… finalement, elle a un lien avec moi. Et même avec toi, toi et la Petite-Quille. »

Elle sourit faiblement. Et je crois retrouver, dans ce sourire, quelques souvenirs, une douceur qui vient s'entremêler au reste. Ma sœur est un fantôme qui ne me fait plus peur.

« Je ne saurai jamais pourquoi, dans cette enveloppe qui avait l'air de porter l'écriture de maman, quelqu'un a mis ensemble ces trois photos, mais ça n'est pas grave, Marie. »

Elle gémit. L'odeur revient.

« Parce qu'en lisant son histoire sont remontées tellement de choses… Des vieilles images… La chambre, tu sais. Pourquoi… pourquoi n'en avoir jamais parlé ? De ce jour-là ? Cette fois… quand je suis entrée dans la chambre, avec toi. Toi et papa ? »

Il y a eu un silence.

«Qu'est-ce que tu racontes?... Dans *quelle chambre*, à la fin? Cette histoire... elle a fini par te rendre dingo, toi aussi?»

Ses paupières clignotent. Elle me regarde, puis baisse les yeux, il me semble que ça me suffit.

«Tu vois, c'est bien à cause de toi qu'il est parti... Combien de fois je te l'ai dit, tu ne voulais jamais me croire... à cause de ça, et puis quoi, cette merde de vie... À cause de moi, plutôt, c'est ça que tu penses, je suis ta sœur dépravée?

– Non, Marie, non. C'était lui, tu ne penses pas? Ce n'était pas toi. Pas nous... Et... et maman?

– Je crois qu'elle n'a rien su. Rien compris. Le lendemain de ce jour-là, il a disparu sans rien dire à personne, pas même à moi. Et d'un seul coup sa vie à elle s'est effondrée. Elle me regardait en pleurant, mais qu'est-ce que j'ai fait, mais qu'est-ce que j'ai fait? Pauvre idiote... Un jour, je ne sais ni comment, ni pourquoi, elle s'est persuadée qu'il s'était installé à New York. Ah oui? Une idée de la grand-mère, peut-être. Comment savoir ce qu'elle avait dans la tête, Louise... Il n'y avait que lui, dans sa tête. Et toi, aussi, tiens, un petit peu.»

Elle a comme le début d'un petit sourire, sans lèvres, sans joie, sans colère. Elle pousse un long soupir. C'est fini. Son corps, lourd dans sa robe grise, vient de capituler. Seuls ses yeux vivent toujours. Dans un clignement, elle m'invite à me rapprocher d'elle. Je reste d'abord immobile, mais elle insiste. Je me lève alors à demi, me penche vers elle, tente même, moi aussi, de sourire.

«Do...»

Brusquement, son timbre se brise. Quelqu'un, sur le palier, passe en faisant tintinnabuler ses clés. Je me fige. La porte est ouverte, j'ai l'impression que seule la puanteur nous protège de l'envahisseur.

Les pas s'éloignent, et Marie secoue très faiblement la tête. Elle rouvre à demi les paupières. Elle m'attend. Sans respirer, car c'est au-dessus de mes forces, je colle mon oreille contre sa bouche. Elle halète avec difficulté, chacun de ses sifflements me traverse de part en part.

Elle et moi savons exactement à quel moment de nos vies nous nous trouvons. Malgré tout ce qui s'est passé, je ne peux m'empêcher d'en être bouleversée. Un mot enfoui s'échappe enfin de sa gorge enrouée. Même s'il est le dernier qu'elle prononce, c'est un mot bien vivant, presque joyeux, qui enfle le long de sa gorge, le long de mon tympan.

« Imbécile. »

Je souris. Je pense furtivement à V., l'imbécile de la Salpêtrière.

« Toi-même, Marie. »

Elle m'a donné ce nom, et toutes les deux, tout entières, nous voilà dedans, réunies.

Imbéciles… peut-être sœurs.

Avant de quitter la rue des Bébés-Gris, je traverse la pièce pour décrocher le portrait de notre grand-père. Il est couvert d'une poussière poisseuse et, lorsque je le décolle du mur, quelque chose de coincé derrière, quelque chose tombe par terre, dégringolant entre le mur et une colline de linge moisi. Je me penche, tourne la tête. Marie est immobile, les yeux clos, je la vois respirer faiblement, mais elle ne bouge plus. Même ses mains ont cessé leur tremblement.

C'est un paquet de lettres, une dizaine à peu près, nouées ensemble d'un ruban rouge. Je les époussette et les glisse dans mon sac. Je plaque le tableau contre mon ventre, éteins la télévision. Il fait vraiment nuit, soudain. La pénombre engloutit la scène, le terrier puant, ma sœur sur le lit.

Cette fois, je vais refermer la porte. L'odeur, le souvenir, la colère, l'oubli, qu'ils restent à l'intérieur, à se construire un seul corps avec Marie. Je m'en vais, sans croiser personne dans l'immeuble, je ne sens plus les muscles de mes bras qui serrent le tableau, j'ai juste un peu envie de vomir.

Il est à peine huit heures, je descends acheter le journal.

Mélanie s'affaire à retaper bien au carré les piles de journaux fraîchement livrés. Elle a l'air contente de me voir, pousse de grands cris enjoués et une petite vieille effrayée préfère quitter la boutique.

«Ah, mais la voilà, la Parisienne du quartier! Alors, Dominique, comment as-tu trouvé ça, la capitale?»

Nous échangeons quelques impressions, je pose sur le comptoir de verre le quotidien du jour. Alors, me tortillant pour attraper dans la poche de mon pantalon trop serré – ai-je grossi, à Paris? – la monnaie que j'y ai mise à l'avance, la Petite Moi, je ne sais comment, sort de la poche de ma veste. Elle n'a aucune raison de sauter de là, cette petite fille, et pourtant elle sort de ma poche.

Mélanie fait un pas, se penche pour la ramasser.

«Tiens, qu'est-ce que c'est que ça?»

Elle me tend le carton en me dévisageant d'un air étonné.

«Qui est-ce? Ta grand-mère? Non, ton arrière-grand-mère?»

Je reste interdite. Mélanie est enthousiaste.

– Hein? Je peux voir? Je vais deviner. Je suis très physionomiste, tu sais.»

Elle s'est rapprochée, son épaule touche la mienne.

«La photo… elle a été prise à peu près à l'âge de quatre ans, parviens-je à balbutier.

– Bon. Alors. Elle te ressemble, c'est sûr. Les yeux noirs, la forme de la tête, bien carrée, le petit nez, minuscule comme un petit pois. Et *l'air*, aussi, l'expression, comme on dit.»

J'acquiesce, elle a infiniment raison, Mélanie.

– Oui, tu as bien trouvé… Et si cette photo me ressemble tellement, est-ce que ce n'est pas parce que… parce que c'est *moi*? D'ailleurs, regarde ce qui est écrit derrière.»

Elle me dévisage sans comprendre, tandis que j'étale la monnaie exacte sur le comptoir.

Je range la Petite Moi dans ma poche et sors dans la rue. Je marche un peu le long de la plage. Au loin, dans l'odeur mouillée du sable encore rafraîchi par la nuit, se détachent sur l'horizon les grands piquets de bois noirci, juste à côté du *Crocodile*.

*À la mémoire des femmes de la Salpêtrière avec lesquelles, pendant tant de jours, j'ai vécu en pensée, et, tout particulièrement, à Hortense J. dont l'histoire véridique, ou tout au moins telle qu'elle est rapportée dans la* Nouvelle Iconographie, *se superpose grandement à celle de Léontine L.*

*Je pense aussi à Jeanne A., dans sa cuirasse, ainsi qu'à toutes celles qui ont pu croiser, souvent douloureusement, mon regard au travers des pages.*

# REMERCIEMENTS

L'écriture de ce texte a reçu le soutien d'une résidence d'écrivains à Forges-les-Eaux. Je remercie pour leur confiance et leurs encouragements Olivia et Stéphane Benhamou, ainsi que Jean-Marie Tiercelin.

Je remercie, de nouveau, Patricia Duez, Marie-Laure Benech, Alix Penent d'Izarn, Gaëlle Glin et Vera Michalski.

Je remercie Florence Barrau qui, la première, m'aida à deviner où trouver, peut-être, le grand paradis.

# BIBLIOGRAPHIE

Paul Richer, Gilles de La Tourette, Albert Londe [sous la direction du professeur Charcot], *Nouvelle Iconographie de la Salpêtrière, 1888-1889,* Delahaye & Lecrosnier, Paris, 1889.

(Certains passages cités ici ont pu être, pour favoriser la cohérence du récit, très légèrement modifiés.)

*Notes de cours par MM. Blin, Charcot (fils) et Colin : Leçons du mardi à la Salpêtrière ; policlinique 1888-1889*, Progrès Médical / Lecrosnier & Babé, Paris, 1889.

Georges Didi-Huberman, *Invention de l'hystérie, Charcot et l'iconographie photographique de la Salpêtrière,* Macula, 1982.

Yannick Ripa, *La Ronde des folles,* Aubier, 1986.

*Cet ouvrage*
*a été mis en pages par In Folio,*
*reproduit et achevé d'imprimer*
*en mai 2010*
*dans les ateliers de Normandie Roto Impression s.a.s.*
*61250 Lonrai*
*N° d'imprimeur : 10-1711*

*Imprimé en France*

*Dépôt légal : août 2010*
*I.S.B.N. : 978-2-7529-0477-5*